徳 間 文 庫

波のうえの魔術師

石田衣良

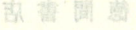

目次

第一章　波のうえの魔術師

世界がまるで変わってしまう一日がある。

ゆるやかな丘を越えて、いつの間にか分水嶺《ぶんすいれい》を渡ったように、運命の流れる先が変わってしまう。名も知らぬ別な大洋にそそぐ流れだ。くだらないポップスみたいに、いい女とのロマンチックな出会いとか、そういうんじゃない。おれの場合、相手は七十近い男性だった。

そのジジイにたぶらかされて、たいていの日本国民より数年早く迷いこんだのは、マーケットという名前のジャングルだ。すべての参加者がオオカミでも、カモでもある世界。自己責任と市場主義、ヘッジファンドとロケット科学者、信用取引に電子マネー……そんな言葉はジジイにあうまで、開くこともない新聞の中面にばらまかれた、ただの呪文《じゅもん》だった。

数が歌い、グラフが踊るのを、おれは初めて知った。ほんの数円の値動きで、手づくりチョコレートをとなりの席のガキに渡す小学生の女の子みたいにどきどきする。縦一列に並んだ数字から、とろとろとうねる波の上げ下げと、おおきな潮目の変化を感じとれるようにもなった。

この狂った時代、どんなに逃げたってマーケットの影からでることは、もう不可能なのだ。市場の傘は世界を覆っている。庶民の振りも、善良である振りも、無知である振りもすぐに通用しなくなるだろう。市場は参加者の性格など問わない。横並びのありふれた人生なんてお伽話《ときばなし》に関心などもたない。

だから、ちょっとおれの話をきいてみるといい。絶対に損はさせない（もっともこの台詞《せりふ》は詐欺師と銀行員の決まり文句だ）。ジジイがやったように、おれもあんたにマーケットという名の水晶玉を渡してやる。そいつを高くかかげるか、足元で蹴《け》りとばすか、それはあんたの自己責任において自由だ。

この話は、お役所が発表する統計をもとに、過去についてだけもっともらしく解説する学者たちの経済分析とは二百パーセント違う。切れば傷口からたっぷりと血と膿《うみ》があふれだす生きた経済がネタだ。

さあ取引を開始しよう。おれの話は日本経済が破局に一番近づいた一九九八年、あのぼんやりとあたたかな春から始まる。

¥

「善良なるぅ、尾竹橋《おたけばし》通り商店街の皆様、自転車はぁ、歩行者の邪魔にならぬよう、駐輪場にとめましょう」

春は近いというのに、あいにくの曇り空だった。低い雲に跳ね返されて、遠くからメガホンのだみ声が響いてくる。喧《やかま》しくてしょうがない。いつものアホ右翼だった。おれは通りに背をむけて、パチンコ屋の閉じたパイプシャッターと顔をあわせた。

「パチンコ遊戯店コスモスはぁ、十分な駐輪場の用意もせず、官憲への贈賄を繰り返しぃ、地域住民の反対を押し切り、新装開店を強行しようとしております。われわれはぁ、権力の介入には絶対に屈服しないぞ」

一拍おいて頭の悪そうなガキのコーラスが続いた。

「絶対にクップクしないぞー」

片側一車線の狭苦しい尾竹橋通りを、のろのろと走ってくる灰色のマイクロバスを盗み見た。ルーフの四隅にのせられたメガホン。金網のついたウインドー。横腹には「大日本立志青雲会」の黒い文字。地域住民とは笑わせる。ナンバーを確かめると足立ナンバーではなく、なぜか横浜ナンバーだった。歩道を歩くサラリーマンやおばちゃんは、拡声機の空爆も街宣車の徐行運転もまったく無視している。あたりまえだ。もうこのパフォーマンスは二週間も続いていた。尾竹橋のたもとで折り返して、日に何十回となく街宣車は往復している。

右翼は通りの先にあるパチンコ屋コスモスの新装オープンに反対なのだ。おれはパチンコ仲間から、警察の指導もあって、その店が暴力団絡みの景品屋と手を切ったという噂をきいていた。

ちなみにおれが並んでいるのは、コスモスの手まえにあるニューパリスという別の店。尾竹橋通りはコンビニとパチンコ屋だけが元気なさびれた下町の商店街だ。東京都荒川区町屋、ここが上品で閑静な住宅街だなんていう東京っ子はいないだろう。おれのワンルームマンションはまずいことに通りに面していて、週末の夜はほとんど間違いなく酔っ払いのケンカで叩きおこされる。女にしては声が低いなと夢見心地できいていたら、ドスの利いた野太い雄叫《おたけ》びが窓ガラスを震わせたこともある。オカマと彼氏のケンカは夜中の二時から四十五分間続き、パトカーがきても静まらなかった。

腕時計を見る。午前九時。今度はアーケードの屋根についた商店街のメガホンから『恋はみずいろ』が流れだした。街宣車は改装中のコスモスのまえにとまり、朝の空気がひずむほどの大音量で嫌がらせを続け、シュプレヒコールの隙間《すきま》をポール・モーリア・オーケストラの砂糖菓子みたいに甘いストリングスが埋めてくれる。この街のいつもの最低の朝だった。

おれは毎朝パチンコ屋のシャッターに張りつき、開店一時間まえから他の十何人かといっしょに列をつくる。みんなのユニフォームは袖《そで》のすれたジャンパー（ブルゾンじゃない）、一週間は着たまま寝てるスウェット、安物のちびたサンダル。ファッション雑誌なんてお呼びじゃない。そこにいるやつらが着てるブランドは、「人生に疲れた」印か「負け犬」印なんだから。みんなお互いに目はあわせなかった。相手の目に映った自分を見るのが嫌なのだ。

¥

その春、おれは都内にあるマンモス私大の文学部を卒業した。そこは偏差値五十五くらいで、良くも悪くもない。大学には一留して五年通い、成績は五年がかりで優ふたつ。うちの大学では男子は三割、女子は五割強が卒業しても職がなく、就職浪人している（考えてみればもの心ついてこの十年、おれたちの世代は景気のいい話なんてきいたことがない）。

ただ卒業できたというだけのぐうたら学生に色よい返事をくれる企業など、いくつ試験を受けてもあるはずがなかった。それに、おれ自身どこかの会社に潜りこみ、社会人になるという選択に居心地の悪さを感じていた。

そこでもう一年間だけ、新潟で公務員をやってる親父に仕送りを頼み、足りないくぶちは大学生活でただひとつ身につけた技で稼ぐことにした。パチンコ。週に五日、平日は朝一番でホールにはいり、あたってはのまれの繰り返しでじっくりと夜まで打つ。ボーダーラインの回転数は長時間打つほど有利になるから、デジパチはねばりが勝負だ。ときに大ハマリして沈没することもあったが、それでもならすと日当は六千円強になった。朝の十時から夜九時頃まで打ち続けるわけだから、時給にしたら六百円。その報酬で割がいいのか、悪いのかわからない。

世のなかを斜めに見ながら、毎日をそうやってしのいでいた。人に誇れることじゃない。夢も希望もない。金も仕事もない。誰かのためにも、世のなかのためにも役立ちたくない。群れから離れたやせオオカミにでもなった気で、ねじれたプライドにぶらさがってるだけ。きちんと就職した同世代の仲間から取り残されて、いよいよきつくなる下り坂をひりひりと足の裏で感じながら、それでも自分は特別なんだと心のどこかで信じていた。オオカミどころか丸々と太ったいいカモだ。

社会人一年目ののどかな春を、そうしておれは中途半端なパチプロとして迎えていた。

¥

「おー、ケンカだぞ」

叫び声はおれの並んだ列の後方で起こった。ばたばたと足音が横を駆け抜け、通りの先のコスモスにむかう。空気が動いてタバコのヤニと塩辛い体臭がつんときた。あたりを見まわすと、死んだ魚みたいに白く濁っていたみんなの目が、いきいきと光りだしている。さすが下町、荒事が好きなのだ。つられておれも走りだした。

コスモスの店先の幅二メートルほどの歩道に、例の街宣車からおりた緑色の特攻服のガキが五、六人固まっていた。

「通行の邪魔だ、おらー」

頭をつるつるに剃《そ》りあげたひとりが工具箱を蹴りあげた。ドライバーやレンチが歩道に散って鈍く光っている。取付工事にきていたパチンコメーカーのサービスマンはおろおろしていた。警察に似たいかめしい制服姿のガードマンも、特攻服のガキには効果がないみたいだった。無理もない。気の弱そうな学生ひとりに、リストラでもされた中年太りの男がふたり。もともと身体を張れるほどの給料はもらっていない。だが、にらみあっている だけで特攻服も直接店側の人間には手をださなかった。暴力を振るえば警察の思うつぼだ。

街宣車のメガホンが朝の商店街を震わせた。

「コスモスの新装開店、ハンターイ」

その場に立ったまま特攻服が声をそろえる。

「新装開店、ハンターイ」

握ったグーを曇り空に突きあげる。どうにも救われない話になってきた。ケンカにさえならない民主的な抗議。真剣に見るだけ無駄だった。

おれは人の輪を離れガードレールに腰かけると、パチンコの通算成績を記録したメモ帳をポケットからだした。この数日けっこう沈んでいて、そろそろ一発あてなけりゃ月末の部屋代の支払いがやばくなりそうだ。前日の支出は二万八千円、獲得出玉は四千九百六十個、回収は一万二千円で、差し引き一万六千円の赤字。閉店ぎりぎりの夜十一時までねばって、一万六千円もくわれるんだからざまはない。

そのときだ。おれの目のまえに魔法みたいにひとりの老人があらわれた。視線を感じて正面をむくと、中腰のおれの目線とちょうど同じ高さに、その目があった。鋭く澄んでいるくせに、表面にとろりと光りをためて内側をのぞかせない。そんな目を見たのは初めてで、なぜかあわててしまった。ジジイはどこかにさがったおれの値札でも探してるみたいに、しばらくおれを見ていた。こちらもようやく相手を観察する余裕ができる。

年は七十くらいだろうか。小柄な老人だった。きれいに櫛目《くしめ》のとおった白髪に、気もち後退した広い額。頭はちいさく、鼻も口も耳も形はいいが、そろって小粒だった。箱庭のように整った顔だ。おれの親父と同じで二十年まえに仕立てた三つ揃《ぞろ》いを着ている。深みのある茶色に明るいグレイのペンシルストライプが走る厚手のフラノのスーツ。だが、仕立ても素材も、親父の着ていた安ものとは比較にならなかった。ベストのポケットにむかって懐中時計の金鎖がゆるやかな弧を描いている。

目のなかでゆらりと光りが揺れて、老人はなにかいいたそうにしたが、そのままむき直ると、握りに銀の透かし彫りがついたT字型のステッキをついて歩きだした。背筋をまっすぐに伸ばし、コスモスのまえにできた人だかりにむかっていく。ステッキの柄で背中の壁をかきわけ最前列へ。おれも興味を引かれ、ガードレールから立ちあがった。老人の頭の隙間から現場をのぞきこむ。老人はすたすたと特攻服とガードマンのあいだにすすみでていった。水戸黄門か、このジジイ。もっともあのあくの強いつくり笑いは浮かべてはいなかった。

「ジイさん、なんっだ、おまえ」

リーダー格のスキンヘッドがうえからのしかかるように、老人の面前で叫んだ。

「長生きしたくねーのか、孫が泣くぞ」

老人の口元がゆるんだ。ちいさく首を振る。その様子を見て、残りの特攻服がいきりたった。三つ揃いの茶色が特攻服の緑にのまれ、見えなくなる。周囲をかこむ人の輪のなかで、不安そうに視線が行き来した。

「ヤメロー、おまえら」

いきなり街宣車のメガホンが吠《ほ》えた。先の丸いハンマーで直接鼓膜をぶっ叩かれたみたいな大音量だった。耳鳴りがまだ尾を引くうちに、マイクロバスのステップから黒い革ジャンの中年男がおりてくる。日焼けした体格のいい男は、軽々とガードレールを越えると、号令をかけた。

「気をつけー」

一声で特攻服の六人は歩道の端に一列に並んだ。中年男はバカヤローと一喝すると、右端のスキンヘッドから往復びんたをくらわせていく。フォア、バック、フォア、バック。腰のはいったいい腕の振りで、ドライブの得意なプロテニスのベースラインプレーヤーみたいだった。特攻服のガキは鼻血が流れても、ぬぐいもせずに正面をむいたままだ。ガードマンは肉を打つ鋭い破裂音に完全にびびってしまっている。老人だけが平然としていた。誰かの歯にでもあたったようだ、右の手の甲から血の滴を歩道に落としながら、革ジャンが老人に深々と頭をさげた。

「若い者の失礼、重ねてお詫《わ》び申し上げます」

老人はステッキのうえにおいていた右手をあげると、とりなすように振った。

「いいえ、わたしのほうこそまっすぐ辰美《たつみ》さんのところに顔をだせばよかった。こちらこそ失礼した」

しゃがれた金属質の高い声。錆《さ》びた鉄片でもこすりあわせたみたいだ。暴力的ではないが、妙に耳に残る声だった。辰美と呼ばれた中年男は、さらに深く頭をさげる。

「近いうちにあらためてご挨拶《あいさつ》にうかがいます。今日のところはこれで失礼させていただきます」

中年男は背をまっすぐに伸ばすと、あごの先を街宣車に振った。特攻服は団子になって、マイクロバスの乗車口に殺到する。中年男がもう一度老人に頭をさげてのりこむと、街宣車はメガホンの爆音も徐行運転もなしでさっさといってしまった。魔法みたいだ。

しばらくして興奮が冷めると歩道のやじ馬が散らばり始めた。おれの顔を見つけると、老人はまたしばらく目をすえる。おれも突っ立ったまま、黒いガラス玉みたいな目を見ていた。あたりの人の動きがスローモーションになって残像を引いていく。魔術師のような老人の目が、世界そのものになった。

商店街のメガホンから、いきなりモーツァルトの四十番が降ってきた。おれもようやく自分を取り戻した。新潟にいる親父が好きな曲だ。親父は真空管式のアンプを自作して、三畳ほどのちいさな書斎で、スピーカーのあいだに頭を突っこむように、いつもクラシックをちいさな音できいていた。たいていの有名曲なら、おれの頭にもはいってしまっている。ポール・モーリアとカーペンターズのあとでは、モーツァルトもいい迷惑だろう。コスモスの奥からストライプの制服を着た店長がやってきて、ていねいに老人に頭をさげると、ふたりは改装中の店に消えていった。

だからジジイとの出会いを思いだすと、おれの頭はいつもあのト短調のメロディが駆け抜ける。憎しみのアレグロだ。

¥

それから元のパチンコ屋に戻った。一日の仕事場を確保しなくちゃならない。そのころおれはCRモンスターハウス（シルクハットをかぶったコウモリが二匹、てっぺんに飛んでる二代目のほう）を打っていた。タバコをおいて三台分確保する。命釘《いのちくぎ》が上げ調整になっている台を選び、いつもの仕事を始める。その日最初のデジタルがまわるころには、あの老人のことなどすっかり忘れてしまった。

つぎの一週間、おれはどぎついピンクのセル盤を眺めてすごした。街は春になったようだが、エアコンと有線放送で隔離されたパチンコ屋のなかに季節はない。負けはなんとか取り戻した。遠い未来のことは考えないようにしながら、一日の勝ち負けだけを確定させていく。

曜日も忘れたそんなある日、カードリーダーのスロットに新しい五千円のカードを差しこもうとしたら、おれの左腕に分厚い手のひらがのせられた。黄色と灰色のストライプの袖口。馴染《なじ》みのある制服だ。見あげると顔見知りのコスモスの店長だった。

「あんた、こんなところにいたのか。探してたんだ」

意味がわからなかった。なにかやばいことでもやったのかと思ったが、コスモスはこの二週間ほど改装で店仕舞いしている。思いあたる節はなかった。

「なんの用」

かすれた声。何日も人と話をしていないから、のどの調子がおかしかった。

「ある人が、あんたのことを探している。決して悪い話じゃあない。あたしの顔を立てると思って、ちょっときてくれないか。店が開いたら優遇サービスをしてやるから、頼むよ」

コスモスの親父の顔は真剣だった。よほど恩がある人物らしい。出玉を換金しようとしたら、そんなもの放っておいてすぐにこいと腕を引く。親父はフロアボーイにかけあっておれの台を見張らせた。

店をでた。自動ドアが開くと、全身をやわらかな春の風がつつむ。体重がいっぺんに軽くなって、身体が浮きあがりそうだった。

「こっち、こっち」

コスモスの親父は尾竹橋通りの歩道の先で叫んだ。肌をなでる風のぬるさを楽しんだのは二十メートルほどだ。ニューパリスとコスモスのあいだにある珈琲館に、親父ははいっていった。通りから素どおしになったガラス張りの喫茶店の一番手まえの丸テーブルには、深緑のスーツを着たあの老人が背筋を伸ばして座っていた。目があうと、唇の右端が三ミリほどつりあがる。笑ったみたいだ。

テーブルの横に並んで立ち、コスモスの店長はおれを紹介しようとした。

「えーと、こちらが……あんた、名前なんていうんだ」

あきれておれが店長を見ていると、老人の錆びた声が響いた。

「白戸《しらと》則道《のりみち》くん、だったね。まあ、おかけなさい。金野さん、ここはもういい。お世話さまでした。またあとで連絡する」

コスモスの店長は頭をさげると、腰をかがめて喫茶店を後退していった。老人のまえにおかれたコーヒーを見た。手つかずのまま冷めて濁っている。

「なぜ、名前を知っているんですか」

「まあ、かけなさい。すこし調べさせてもらった。きみは大学を今春卒業して、就職浪人をしている。実家は新潟県新潟市、御父君は県庁にお勤めで、長男のきみはこの街でひとり暮らしをしている」

驚いた。誰かがおれに関心をもつなんて、想像もできなかった。

「他には」

おれのむっとした声に、唇の端がまたつりあがる。楽しんでいるようだ。

「まだいくつかある。きみは大学にはあまりかよっていなかった。政治・宗教的なバックグラウンドはなさそうだ。成績は控えめにいっても、あまりよくはないな。同じゼミのガールフレンドはひと足早く卒業して、今は中堅の商社に勤めている」

「もういい」

テーブルから立ちあがろうとした。不愉快だった。こんなことなら、モンスターハウスの魔女でも見ていたほうがました。

「待ちなさい。わたしにはきみが必要だ。勝手に調べて申しわけないが、わたしのために働いてくれないか。大手の会社なら、就職の際どこも簡単な身辺調査くらいはするものだ」

あきれた。誰でも自分のいうことをきくと思っている。言葉は丁寧だが、老人の話はすべて皮肉な命令口調だった。

「おれはヤクザは嫌いです。あなたがなにをしているか知らないけど、おれには関係ありません」

厳しい表情が一転して、初めて老人は笑った。唇だけでなくしわだらけの顔全体に笑いが広がっていく。本心から笑っているように見えた。もっとも老人の本心がどこにあるのか、まるでわからなかったが。

「きみはわたしの若いころによく似ている。そうやって関係ないといって、すべてを切り捨てるところなんかは、悪いがそっくりだ。それにパチンコの勝ち負けを毎日記録するような臆病《おくびょう》で几帳面《きちょうめん》なところも。どうだ、来春きみがきちんと就職するまででいい、わたしの秘書として働いてみないか」

おれが勝負メモを見ていたのを、きちんとチェックしている。目の速い老人だった。

「それじゃ、なぜ右翼の街宣車はすんなりと諦《あきら》めて帰っていったんですか。うちの親父だって、危ない世界で働かせるために、大学をだしてくれたわけじゃない」

老人はまた元の表情のない顔に戻った。

「金だよ。わたしに影響力があるのではない。わたしのところの金に力がある」

「いったいなんの仕事をやってるんですか」

「非公認の投資金融業務だ。うちの顧客のなかには暴力団も当然いる。かれらは非常に堅い、いい借り手だ。素人なんかとは比較にならない。口にしたことは必ず守るし、面倒な法律文書も必要ない」

「だが、あんな暴力的な抗議活動をしている」

「ビジネスだよ。警察が介入した以上、景品交換でこれまでのように甘い汁は吸えない。しかしかれらにも面子《メンツ》があるから、黙って引きさがるわけにもいかない。ああいう示威行動は、手切れ金の相場を上げるためのビジネス活動にすぎない。どちらにしてもコスモスが開店すれば、かれらには指一本だせなくなる。そんなことをしたら威力業務妨害ですぐにご用だ。店側が怖《お》じけづいたので、わたしが仲介にはいっただけだ。もちろん仲介料はいただくがね」

しれっとした顔でジジイがいう。まるで知らない世界の出来事をあっさりと説明されて、言葉もなかった。おれはこの風変わりな老人に好奇心をもち始めていた。

「それで、おれがやるのはどんな仕事なんですか」

老人の表情は変わらなかったが、計算どおりといった得意げな光りが目の奥にちらりと走った。別にかまわない、勝手に思わせておけばいい。いい話ならのればいいし、そうでなければこの場でさよならだ。

「わたしの使いであちこちの金融機関へでむいてもらったり、資料を集めてもらったり、まあケースによっていろいろだ。最初の三カ月ほどはトレイニーとして研修してもらうことになるだろう」

「給料は」

「日当一万として、月給二十五万円。アルバイトなら悪くなかろう」

確かに悪くない。毎日パチンコを十一時間打って手にする額よりずっといいが、もうひと押ししてもよさそうだった。興信所に使った金だって半端じゃなかったはずだ。

「どうせなら切りのいいところで、三十はどうですか」

老人は苦笑した。黒いガラスの目がじっとおれを見る。

「自分の欲望をきちんと主張できるのは、まあいいことなんだろう。では、三十万で手を打とう。わたしはこういう者だ」

そういうと胸ポケットから名刺をだして、おれに手渡した。漉《す》き跡の残るちいさな和紙の中央には、明朝縦組みで小塚泰造《こづかたいぞう》。肩書はなかった。裏を返すと電話番号と住所がある。荒川区町屋三丁目。尾竹橋通りをはいってすぐの、この近所だった。

「その住所に明日の朝九時にきてほしい。仕事の説明をする」

それから、しばらく口を閉じて、おれの格好を上から下まで観察した。グレイ霜降りのパーカにしわだらけの紺のコットンパンツ、足元は半分腐ったバスケットシューズという定番だ。

「その……いつもきみはそんな格好なのかな」

おれも笑った。この老人でも遠慮することがあるらしい。

「ええ、でも今日はけっこうおしゃれしているほうかな」

「しかたない」

ジジイは内ポケットから札入を取りだした。飴《あめ》色に光る札入は、生まれたばかりのクロコダイルを丸々一匹使って仕立てたような造り。中身ではなく、その財布だけでうちの部屋代を何回払えるか、おれには想像もできなかった。老人は枯れ枝のような指で万札の薄い束を抜いて、おれのまえにおく。

「十万ある。これでシャツとネクタイに革靴を買いなさい。全部使うつもりで上等のものを買わなければいけない。領収書とつりは明日もってきなさい。きみ、スーツはもっているな」

黙ってうなずいた。

「だが、十分なものではないだろうな……これものりかかった船か」

そういうと札入から別な名刺を取りだした。使いこんだ万年筆で裏になにか書いている。おれに渡すといった。

「ここにいって、寸法を計ってもらいなさい。連絡をいれておく。生地はきみが好きに選んで結構だ。この店ならなにを選んでも間違いはない」

テイラー岡本、所在地は南青山だった。名刺の裏には老人のサインと、よろしく頼むと青いインクで一文。スーツのオーダーメイド！　オードリー・ヘプバーンにでもなった気分だった。するとこの食えないジジイがヒギンズ教授か。

まあ、おれが淑女になるなんて考えられないけど。

¥

つぎの朝は快晴だった。尾竹橋通り商店街のくすんだガラスや金属の表面で日ざしが乱反射して、思わず目を細めてしまう。おれは新しいシャツとネクタイ（これだけで安いスーツくらいの値段）に一張羅の就職試験用ユニフォームを着て、三丁目の細い路地を左にはいった。生まれて初めて履いた手縫いの靴の革底の、しなやかな戻しを足の裏に感じながら。

町屋は下町だから、表通りを曲がるとすぐに雑然と小家が立てこんだ住宅街になる。立派な屋敷など見たことがない。だいたいあの老人のような人間が住む土地柄じゃないのだ。前日に訪れたテイラーは南青山の高級マンションで、看板もださずに家族でやってる店だった。戦前にロンドンで修業したという晩年のホロヴィッツ似の店主は、あの老人のことを小塚様と呼んでこういった。

「ずいぶんと長いお得意様で、よい趣味をおもちです」

それから、カーペットのうえの腐ったバッシュを楽しそうに見る。中途半端に気どった格好をしてこなくてよかったと、つくづく思ったくらいだ。

名刺の住所を電信柱で確かめながら、軽自動車がすれ違うのもやっとの細い道を歩いていった。路地は曲がりくねり交錯して、どこまで踏みこんでも同じような安普請《やすぶしん》の二階建てが続いている。緑のほとんどない迷路だった。毛細血管みたいな一方通行の突きあたり、眠たげな日ざしのなかその家が建っていた。

苔《こけ》むして緑色になったブロック塀、煤《すす》けた木製の引き戸の門、表札には手書きの立派な墨文字で「小塚」とある。間違いない。からからと戸を開けて、玄関へ続く飛び石を渡る。貧弱なツゲの植えこみと去年の枯れ葉の混ざる湿った玉砂利。間近で見てもすこしおおきいかなというくらいで、周囲の家と大差ない建て売りみたいな二階家だった。インターフォンを押した。

「開いている。はいりなさい」

ドアを引いた。なめらかに開くくせに、ずっしりと重い手ごたえを感じる。玄関にはいり、あたりを見まわす。おれはその匂《にお》いをかいだ。

たっぷりと仲よく集って、身体をこすりあわせる金がたてる匂いだ。その甘い匂いのなかで、底光りするまで磨きあげられた框《かまち》に小塚老人がカーディガン姿で立っていた。

「おはようございます」

「ああ、おはよう」

おれは革のスリッパに履き替えて、内側にだけ金がかけられた家にあがった。

¥

玄関脇《わき》の長い縁側をとおされた。床のしなりをまるで感じない。石材のうえを歩いているようだった。ジジイに遅れてドアを抜ける。なかはバドミントンのコートが取れそうなくらい広い部屋で、二十五畳はありそうだった。壁も床も熟した柿《かき》の実のような赤っぽい組木のパネルで、入口の近くには戦前のヨーロッパ映画にでもでてきそうな猫足の応接セットが、たっぷりとあいだをとっておかれていた。奥の壁の両隅に清掃車の尻《しり》のゲートくらいある四角い穴が、ふたつ口を開けている。そこからチェロの音がぽっかりと空中に漂いだしていた。アナログ針の雑音のなかに、パブロ・カザルスが立っている。

「かけなさい」

ソファに座るまえに部屋の反対側をざっと目に映しこんだ。そちらは仕事場のようだった。壁沿いの横長テーブルに並ぶ大型ディスプレイ。細かな数字となにかのグラフが光っている。テーブル下にはタワー型のコンピュータ本体が見えた。モデムにつながる電話回線はきれいに整理して束ねられていた。そして、老人用だろう黒い祭壇のような巨大な木のデスクが奥にどっしりと腰を据えている。部屋のあちこちに飾られた絵画や工芸品にも、なにかおれの知らないいわくがありそうだった。

「満足したかね。ここはわたしが一日の大半をすごす仕事部屋だ。あの窓には……」

そういうと老人はディスプレイに首を振る。

「世界中のマーケットがリアルタイムで映しだされている。ほとんどの仕事はこの部屋と電話が一本あれば済む」

おれは怪訝《けげん》な表情をしたらしい。老人は即座に反応した。

「きみはこの秋の新規事業のための要員だ。いろいろと動きが必要になるし、わたしの体力だけでは心もとない」

まるで体力の不安など感じさせない声でそういった。

「いったいなんの事業ですか。おれはただの新卒で、ビジネスの経験はありません」

「研修期間のうちは教えられない。社会人としての経験などないほうがいい。これからの三カ月でマーケットに対する感覚を、わたしがきみのなかにつくってやる」

マーケット感覚？　目のまえでソファにくつろぐ老人を見た。あいかわらず内側の読めない目で、まっすぐに見つめ返してくる。どこがおかしいのだろう、にやりと笑うといった。

「さっそくきみの仕事の説明をしよう。コーヒーは好きかね」

うなずいた。小塚老人は立ちあがり、サイドボードから赤いコーヒーミルをもって戻ってくる。二人分の豆をいれると、横についた鋳鉄《ちゆうてつ》のハンドルをまわし始めた。

「わたしはコーヒーは自分でいれたものしかのまない。きみもわたしのためにコーヒーをいれる必要はない。それから仕事の道具はこれだ」

ジジイはセンターテーブルの下の棚から、A4サイズの紙袋をだした。受け取り、なかを確かめる。その日の日本経済新聞の朝刊に、ルーズリーフのノートとスクラップ帳が各一冊。わけがわからない。小塚老人は挽《ひ》きたての粉でいっぱいの小箱をミルから抜いて、サイドボードに移動した。ガラス扉を開けて二客分のカップ&ソーサーを取りだす。

「きみは毎朝ここにきて、朝刊を隅々まで読む。一般紙なら別に日経でなくともかまわない。特に経済面はわかってもわからなくてもいいから、すべて読まなければならない。気になる記事があったら、切り抜いてファイルすること」

再沸騰させておいた電気ポットの湯を、ペーパーフィルターに三回に分けて注いだ。高価な漢方薬を焦がしたような香りが流れてきた。苦さのなかに隠れてる酸味と甘さ。背中越しに小塚老人はおれにいった。

「きみはどこの銀行を使っているかね」

「まつば銀行だけど」

「まあ、そうだろうな。町屋の駅まえにある大手の都市銀行は、あそこだけだ。それじゃあ、きみは株式欄からまつば銀行の前日の終値をノートに書き写す。これは毎日続くものだから、表のつくりかたはきみなりの方法で工夫しなさい」

老人はおれのまえにコーヒーをおいた。手首の内側の肌が驚くほど白く、ちりめんみたいに細かなしわを浮かべていた。

「きみの仕事はそれで終わりだ。どんなに読むのが遅くとも、午前中で楽に終わるだろう。午後は自由にしていい。携帯電話はもっているな。緊急になにかあれば連絡する」

午前中に新聞を読んで、簡単な表をつくるだけで月三十万！　おいしすぎる話だった。

「他にはなにか……勉強とかしなくていいんですか」

「無駄だよ。自分なりの感覚ができるまでは、無理に知識だけ詰めこんでも、百害あって一利なしだ。マーケット感覚というのは焦ってできるもんじゃない。そんなに不満なら、そうだな、一日にひとつわたしに質問を考えなさい。できる限りでこたえよう」

この老人とのおしゃべりが仕事にプラスされた。だがジジイはどう見ても茶飲み話の相手が必要にはみえない。家のなかでは他にもの音もせず、家族の匂いもしなかった。しかし、孤独だから誰かと口を利きたくなるなんて殊勝なタイプではまったくないだろう。

「わかりました。じゃあ、ひとつ今日の分の質問をします」

コーヒーカップ越しの軽く驚いた表情は、活発な生徒をほめる笑顔に変わった。

「なぜ、おれだったんですか」

一拍の間があいた。無伴奏チェロソナタが、空をいく小鳥のように軽々と旋律を伸ばしていく。

「それは難しい質問だな。まずきみの顔を見て、基本的な知性はありそうだと思った。マーケットの仕事は馬鹿ではつとまらない。感覚も鋭そうだ。それにきみはパチンコ店のまえに並んだ人々のなかで孤立していた。ロシアの小説家がこんなことをいっている。『ほんとうに貧しい人というのは、みんなといっしょに貧しい人間のことだ。ひとりきり孤独に貧しいものは、まだ金をつくっていない金もちにすぎない』。大勢のやじ馬のなかにぽつりと浮かんで、きみはまさにそんなふうに見えた」

まだ金をつくっていないだけの金もちか。とてもおれのこととは思えない。一生懸命がんばれば、いつか立派に成功できるなんてぬるい想像を、自分に許したことさえなかった。そんなことをすれば待っているのは失望だけだ。♪いつまでも夢をなくさず～少年の瞳で♪なんて応援歌は、小中学生むけのJロックだけで十分だった。

「仕事にかかろう。さあ、新聞を読みなさい」

おれはテーブルにむかって一時間半新聞を読んだ。まともな新聞を読んだのは久しぶりだった。東京証券取引所、株式第一部の株価欄。蟻《あり》のマスゲームのような数字の列から見つけだした、まつば銀行の値段をノートに写し、おれは初日の仕事を終えた。

487円

¥

487
488
485
481
479

それからの一週間で数字は縦に五列に伸びていった。

なにも感じない。ただ最初の数字より週の終わりに値が下がったなというだけだ。

新聞を読み終えると、ノートに株価を写し、並んだ数字の列をしばらく眺め、ノートを閉じる。そのあたりで小塚老人は仕事が終わったのに気づき、自分の分と一緒にうまいコーヒーをいれてくれる。遅い午後のティータイムだ。応接セットに移動してひと休みすると、その日の質問をする。長いときには老人のこたえは三十分もかかることがあった。

無理もない、そのころのおれの質問というのは、基本的なだけに難しいものばかりだったんだから。理論物理学者に小学生が時間ってなあにときくようなものだ。

二日目の質問は経済ってなあにだった。これにはさすがの小塚老人も頭を抱えた。

「人間が生きていくために必要な物質や資源、それに貨幣などを、獲得したり利用したりする活動すべてのことかな。弱ったな、実際には必要ないものを、ずいぶんわたしたちはほしがっている。難しい質問だ……いいわけではないが、世界中でおこなわれている経済活動のすべてを把握し、理解している人間など、ひとりもいない。どんなに優秀な学者やシンクタンクでも、それは無理な相談だ。だからその代わりに……」

おれはコーヒーをひと口すって、ゆっくりと待った。

「各人自分なりのモデルをつくりあげ、対応している。経済の仕組みのエッセンスを抽出した水晶玉みたいなものだ。それをかかげてみんなが占っている。大蔵大臣はどうすれば景気がよくなるか、投資家はつぎにどの産業や企業が伸びるか。この水晶玉にもはやりすたりがある。赤いマルクス玉、青いケインズ玉。例えば現在のアメリカ政権はマサチューセッツ・アヴェニュー・モデルという比較的透明な水晶玉を使っている。財政・金融・通貨の三つのポリシーミックスで、景気の刺激と抑制をコントロールしようというものだ。理屈はとおっているが水晶玉に変わりはない。結果よければすべてよし」

もうついていけなくなった。おれの表情を読んだジジイは、今日はここまでといって講義を打ち切った。

そんな一週間を送った金曜日、おれはほこりっぽいモルタル住宅の並ぶ町屋の裏通りにでると、携帯でミチルの番号を押した。

¥

中川《なかがわ》充《み》ちるは英文学のゼミの同級生で、まじめで成績優秀な世田谷のお嬢さんだ。すごい美人ではないが、おれの相手には十分すぎるくらい。ゼミで就職を決めたのもミチルが最初で、おれのように世のなかを斜めに見て、世間を狭く暮らしている男をなぜ選んだのか、まったく理解できない。うちの大学の他の男たちにないものが、おれにはあると彼女はいう。だが自分に足りないものはわかっても、自分のもっているもののどこがいいのか、おれにはまるでわからなかった。

入社一年、総合職で輸出入の事務処理をこなすミチルはかなりいそがしいらしく、週末のデートも三週間ぶりだった。久しぶりに都電にのりたいというので、JR大塚駅で待ちあわせた。南口のロータリーにある都電の乗降場で、午後五時五分まえからおれは待った。熱のない夕日が一面にさして、ポリ袋をさげた主婦や塾帰りの子どもたちをひと色に染めている。缶詰のみかん色になった路面電車のレールが、灰色のアスファルトに埋もれ、どこまでも延びていた。夕空を見あげていたおれの肩を、誰かのやわらかな手が叩《たた》く。

「どうしたの。スーツなんか着て。危うく人違いするところだった」

振りむくと、そういうミチルも若草色のツーピース姿だった。横分けにしたショートカットの前髪のしたで、くりくりと瞳が動いている。

「たまにはいいかなと思って。今度のバイトはこの格好でなきゃだめなんだ」

「ああ、例のおかしなアルバイトね」

東池袋のほうからゆるやかな坂をくだって、一両だけの路面電車がやってきた。ふたりでのりこむ。料金はどこまでいっても百六十円。座席はほとんど埋まり、立っている客は数人くらいの混みぐあいだった。三方が窓になった車両の一番うしろまで歩き、つり革につかまる。

「電車のすぐ横を自動車が走るのって、なんか変な感じね」

ミチルは後部の窓から道路を走るクルマを見おろし楽しそうにいう。高級住宅地で育った彼女は下町的なものが好きだ。立てこんだ二階家のなかを荒川線はゆっくりと抜けていく。線路脇のトタン屋根や日に焼けたカーテンのさがるアルミサッシに手が届きそうだった。おれたちは最近の仕事のことを報告しあった。ミチルは後方に流れていく家並みに目をやって、どこか硬い表情で話し続けた。

庚申塚《こうしんづか》に停車すると、乗車口からガチャガチャと音がした。両ひざにギプスをつけ、両腕のひじから伸びるアルミの松葉杖《まつばづえ》をついた少年がのりこんできた。おおきく左右に身体《からだ》を振りながら通路を歩いてくる。路面電車のなかの空気がさっと冷えこんだ。困った顔をするのはまだいいほうで、なかには露骨に嫌な顔をして顔を背ける年寄りもいる。近寄るんじゃない、言葉にしなくてもそういっているのがわかった。誰も席を譲らなかった。

ミチルの顔色がくるくると変わった。乗客がみんな寅さんやさくらじゃないのを怒っているのかもしれない。電車が動きだしても、少年は手すりにつかまり立ったままだ。

「新庚申塚、西ヶ原四丁目、滝野川一丁目、飛鳥山《あすかやま》、王子駅前、栄町……」

少年は停車場の順番をおおきな声で暗唱しながら、いきいきした表情で窓の外を見ている。荒川車庫前でその少年がおりるまで、車内の空気は冷えきったままだった。ミチルも無口になっている。

町屋駅前で路面電車をおりるとミチルは怒っていう。

「それにしても、あの態度はないんじゃない。あの子は身体が不自由だったのに」

「それじゃどうしろっていうんだ。席を譲って、みんなでいっしょに駅の名前でも叫べばいいのか。下町の人間が情に厚くて、人がいいなんてのは、都市伝説のひとつだろ」

新潟からでてきて五年しか住んでいないけど、おれにだってそのくらいわかる。だって毎日目のまえで起きていることを見ていればいいんだから。下町の人間だってよそと同じように、せこくてずるくて欲深で目端がきいてる。それともおれの目が曲がっていて、そんなところしか見えないのか。ミチルは不服そうに口をとがらせた。

おれたちは京成線のガードまでぶらぶらと歩き、馴染みのもつ焼き屋にはいった。カウンターに座ると細かな傷がついて曇りガラスみたいになったコップがでてくる。肉が見えなくなるほど七味を振って、おれはハツの串にかみついた。熱い肉汁が口のなかで跳ねて、命をくってる気がする。ミチルがいった。

「ねえ、ノリくん、最近冷たい人になってない？　そのおじいさんに会ってから、電話でも数字の話ばかりだよね。株価とか経済とか。フルタイムで働いている新卒よりお給料がいいなんて、おかしいよ。そのバイト辞めたほうがいいんじゃない」

いきなり本題からはいってきた。それがいいたくて、今日はどこか表情が硬かったのか。

「でも一年だけだ。来年にはちゃんと普通の会社に就職するよ。それまでパチンコやってるより、すこしはビジネスの世界が見えるんじゃないかな」

「だけど小塚さんの仕事って、自分で働かないでお金を右から左に動かすだけで稼げるんでしょう。そういうのに慣れちゃったら、毎日満員電車で会社にかようなんてきっとばからしくなるよ」

ミチルのいうとおりかもしれなかった。おれはあのジジイが案内してくれる世界の、予想外のおもしろさにのめりこみ始めていた。そこにはドルや円や株や国債など、あらゆる富がゴーゴーと音を立てて流れる大河があって、耳元できくその唸《うな》りは一文なしのおれにはすごいスリルだった。

だが、ひきかえにおれはまともな勤労意欲や金銭感覚を、メフィストフェレスのような老人に売り渡しているのかもしれない。うちの親父のようにひとつのところで三十年勤めるには、なくてはならない大切な規範だ。集団から離れる危険は確かにあった。なにせ今の日本は、二十代のホームレスだっている大不況の真っ最中なんだから。

黙りこんでしまったおれの横顔を、ミチルが心配そうに見ていた。コップに半分ほど残っていたビールをのみほしていう。

「考えてみる。確かにおれ、ちょっと舞いあがっているかもしれない。ところで今夜は泊まっていくの」

ミチルは首を横に振った。

「やめておく。今日はそんな気分じゃないし、明日の朝早いから。会社の友達とテニスの約束してるんだ」

「そうか、ならいいんだ」

おれの声は落胆していただろうか。それとも安堵《あんど》していただろうか。自分でもよくわからなかった。

¥

それから二週間で、数字の列はじりじりと伸びていった。

471　472　474　458　450
475　478　472　470　469
487　488　485　481　479

三列目の終わりからふたつめ、株価がいきなり450円台をつけた日には、新聞の東証一部の欄を見て、どきんと胸が痛んだような気がした。毎日まつば銀行の株価をノートに書き写しているだけなのに不思議だ。おれはジジイにきいてみた。老人は悪魔のような笑いを浮かべていう。

「それでいい。くる日もくる日も同じ株を見ているうちに、だんだんとその株に馴染みができるようになるものだ。自分にとって特別な銘柄だとな。女に惚《ほ》れるのといっしょだ。ただの数字の変化ではなく、ちょっとした値の動きを肌で切実に感じるようになる。そのためには銘柄を絞り、自分の専門をもたなければならない。儲《もう》かりそうなあれもこれもではなく、自分が切実に感じられる一本に絞る。そしてただ一本の感覚を研ぎ澄ます。わたしがきみに教える最初のレッスンだ」

そういうと老人は自分の机から、おれの座る壁際の横長テーブルにやってきて、コンピュータのマウスを操作した。新しくソフトを立ちあげると、メニューバーのなかからまつば銀行を選んだ。五台並んだ二十一インチのディスプレイの右端に、株価のチャートがあらわれた。ジグザグを描きながら、だらだらと続く右肩さがりの曲線だ。

「過去五千日分の株価がこのソフトにははいっている。細かな値動きの感覚を保持したまま、月単位年単位のおおきなうねりに、ざっと目をとおしてみなさい。それから……」

そういうとジジイは画面をチャートから、数字がびっしりと並んだ表に切りかえた。つぎつぎとウィンドウが開き、三枚の表をずらして重ねる。

「もうすこし時間をおいてからのほうがいいかと考えていたが、今日はもうひとつレッスンをしよう。これは今年になってからのまつば銀行の終値を表示した場帖《ばちょう》だ。きみに時間を三十分やる。この三カ月の値動きの特徴を考えてみなさい。合格ならほうびをやろう」

小塚老人はさっさと自分の机に戻ると、読みさしの新聞を開く。おれはディスプレイにむかったまま興奮した頭で考えていた。値の動きを切実に感じるにはどうしたらいいんだ？　自分の身体のなかにその波をいれるには？

他に結論などあるはずがなかった。今までの三週間と同じようにやるしかない。おれはマウスを操作し、三カ月分の場帖をプリントするようコマンドした。ルーズリーフのノートから三枚抜いて線を引き、自分なりの表をつくりあげる。プリントアウトを机において一日分ずつ定規で目隠ししながら、ゆっくりと数字をルーズリーフに写していった。なにも考えず、予測も予断ももたず、毎朝やっているように。新しく三枚の場帖を仕上げるのに二十分近くかかってしまう。だが、そのころにはおれのなかに、いくつかの確信が生まれていた。最後にもう一度三枚を並べて確認する。

小塚老人が懐中時計の蓋《ふた》を閉めるといった。

「時間だ。ソファで解答をきこう」

おれは三枚の場帖をもって移動した。センターテーブルに並べる。

「まず、この三カ月とも月の初めの五日近辺で高く、月末にかけて値を下げています。値動きの幅はほぼ百円くらい。月間の最高値は一月が547円、二月が519円、三月が502円。最安値は同じく456円、420円、403円と、月ごとに二十円くらいの幅で上下とも切りさがっているようです」

小塚老人は満面の笑みを浮かべた。算数で満点を取った孫にでもなった気がする。

「よろしい。上出来だ。これまでの三週間、ただ表を書き続けることに集中させたのは、その感覚をきみのなかにつくるためだ。一見無秩序な数字の変化に過ぎないデジタルの揺れのなかから、波動の上げ下げと潮の満ち引きを感覚的に抽出する。それが値動き感覚というものだ」

「値動き感覚……」

唖然《あぜん》とするおれを見つめる目のなかで、遠い炎のような光りが揺れていた。この老人が興奮しているのを見たのは初めてだった。

「きみが身につけた値動き感覚というのは、きみ固有のもので誰も代わりになることはできない。今回は銀行株だが、やり方は他の株式でも商品相場でも、投資信託や為替《かわせ》などでも、値が動くものならまったく変わらない。すべての経済活動が数字におき換えられ、市場化していく今の時代には欠かせない感覚だ。だが、その重要性は経済に限るものではないと、わたしは思っている。七十年も馬齢を重ねた年寄りの感想だがね。一国の盛衰や私企業の成長と停滞、そしてわたしたちひとりひとりの人生にも、細かな波の上下と潮目のうねりがある。自分自身の運命について、値動き感覚を研ぎ澄ましておくのも悪くないだろう」

小塚老人は、おれに目を据えておおきく笑った。なぜか背中にひやりと寒けが走る。おれの運命の値動きは、この老人との出会いでどちらに揺れたのだろう。無意識のうちに漏らしていた。

「値動きを切実に感じる、自分だけの感覚……」

「そうだ。揺れ動く値に即応するマーケット感覚ができたら、つぎに必要なのはその感覚を基にした投資技術だ。これにもさまざまなやり方がある。世界中でこの数百年のあいだ磨きあげられてきたものだからな。有名なところで日本なら古《いにしえ》の酒田罫線《けいせん》法、中国では中源線、欧米の証券会社にだってテクニカルアナリストという名で罫線の分析家がいる。このごろのヘッジファンドでは、人工衛星の軌道計算に使うスーパーコンピュータで、現代数学の確率論を応用し予測値をだしているところもある。コンピュータは単純だが膨大なデータの記録と検索に優れているので、過去百年間のすべてのチャートを入力して、近似した値動きからつぎの投資行動を導くところもあるそうだ。たいへんな量のソフトウェアを書かなければならないし、設備投資も巨額になる。おもしろいと思わないか」

おれはあっけにとられていた。あいまいにうなずく。

「ノーベル賞を取った経済学者と最高性能のスパコンの組みあわせも、わたしやきみもマーケットのなかでは対等だ。彼らもわたしたちも同じように失敗することがあるし、同じように成功のチャンスがある。どんな方法を取ってもいい、市場で生き残り、すこしずつ成長できるなら、それが正解だ。水晶玉だよ。結果よければすべてよし」

そういうと老人はちいさな声をあげて笑う。自分自身のなかに回収されてしまう笑いだった。もう正午近くなのに、仕事部屋のなかは薄暗く、天井に埋めこまれたダウンライトが、フローリングの床に縞《しま》模様を落としている。

「おしゃべりはこのくらいにして、最もベーシックな投資技術をレッスンしよう。ボックスメソッドという。これを見てごらんなさい」

そういうと小塚老人は一枚のチャートをテーブルに取りだした。コンピュータのプリントアウトだった。

「これはきみが書いたものと同じ三カ月分の場帖を、値動きのチャートにしたものだ。こんなふうにきれいに波ができるのは、実際にはめずらしいことだ。きみは幸運だったな」

月の初めに盛りあがったジグザグは、月末にかけてさがっていく。三カ月とも似たようにきれいな曲線を描いていた。小塚老人は波の三つの頂点を結び一本の線を引くと、つぎに波の底を結んだ。ゆるやかな右肩さがりの二本の平行線のあいだに、ほぼ値動きの上下動は収まってしまった。

「株価がこのようなもちあいの状態になっているとき、ボックスメソッドでは波の底で買い、波の頭で売る。また下げの波にのるなら、頂点で売り、底で買い戻せばいい。それぞれの値幅百円が利益になる」

おれはテーブルにおかれた波の上げ下げを穴が開くほど見ていた。波動は上下で五回分。天井と大底で売り買いできれば、利益は五百円。手数料と税金を引いても三カ月で元手は倍近くになる計算だった。

「でも、このボックスから値がはずれたときはどうすればいいんですか」

「いい質問だ。その場合は上げでも下げでも、その動きが続くものだからついていけばいいとボックスメソッドの定石はいう。上に抜ければ新たに買うか、買い増しする。下ならその逆だ」

「おもしろいですね」

それしかいえなかった。のどが乾ききってひりひりしている。

「気にいったかね。それじゃ、ほうびをやらなければいけないな」

小塚老人はプリントアウトの隅に、電話番号を書いた。名前が続く。

「懇意にしている証券会社の外務員で、大橋くんという。わたしから話はとおしてあるので、実際に手を動かす訓練をしなさい。きみの名前で百万円の口座を開いてある。引きだすことはできないが、信用取引で売り商いもできるようにしてある。歩合制にしよう。きみが稼いだ分は給料に上のせする。もちろん、損をすれば天引きさせてもらおう」

否も応もなかった。おれは実際に手を動かしたくてしょうがなかったんだから。ミチルの言葉など、どこか遠いところにいってしまっていた。あの大河に飛びこんで、黄金色の水の冷たさや流れの速さを全身で感じてみたかった。もちろん、金銭への欲望はある。だが、そんなものより自分の感覚と読みだけを頼りに、市場という別世界で思いきり力を試してみたかった。学校や会社だけでなく、どんな組織にも、おれは二十年来居場所を見つけられなかった。絶えず変化を繰り返す予測不能のマーケットの世界なら、おれのようなあやふやな人間にも、自分だけの場所が見つかるかもしれない。

目のまえに座る小柄な老人を見た。家のなかでもネクタイをゆるめず、薄い肩にカーディガンを羽織り、老眼鏡越しにまつば銀行のチャートに目を凝らしている。初対面のころは、自分の言葉をきくのは当然と無神経に信じこんだ、気障《きざ》で嫌味なジジイだと思っていた。だが、おれの老人への気もちは、すこしずつ変わり始めていた。盛りをすぎた小金もちのおいぼれから、こちらの世界と平行して実在するまばゆい黄金郷を案内してくれる魔術師へと変身していたのだ。例えばこんなイメージだ。

灰色のデジタルの波が、水平線の彼方から無限に押し寄せてくる浜辺。夜明けの青い光りのなか、馬鹿みたいに砂遊びをしているおれが目をあけると、遥《はる》か沖あいにダークスーツの小柄な老人が見える。足元で砕け散る波は、細かな数字の飛沫《しぶき》を巻きあげ、魔術師は灰色の波のうえに立っている。つま先を波頭に洗われながら、魔術師は灰色の波のうえに立っている。だが、魔術師は濡《ぬ》れもせず、波のうねりに揺れもしないで、視界を圧して広がる海原のただなかにまっすぐ立っている。

波のうえの魔術師だ。

¥

おれはその日、まつば銀行の五千日分の株価データをもって、部屋に戻った。早速研究を開始する。今から十五年まえの日経平均は八千五百円くらい、まつば銀行の株価は三百円近辺をうろうろして、ほとんど動きがなかった。

六年後バブルの頂点がやってくる。日経平均は三万九千円、株価はなんと四千円を超えていた。それからの九年間でだらだらと値を消して、今や日経平均は最盛期の三分の一、まつば銀行の株価は十分の一に減価していた。小塚老人によると、株式市場だけでこのあいだに四百兆円を超える金融資産のロスがあったそうだから、政府が打ちだす四兆円、六兆円の経済対策になど効果があるわけない。

おれは例のボックスメソッドを五千日分のデータにあてはめていった。十数枚のプリントアウトに赤いボールペンで線を引きまくる。天井と底の値を記録し、最初の百万円が十五年でどこまでふくらむか、電卓片手に計算していった。相場は小塚老人のいうとおり、上がるから儲かるというものでもなかった。案外激しい値動きをするときほど、売買がむずかしくなるし、下げの局面でも（信用売りさえできれば）おおきなプラスになることを知った。この十五年の値動きは非常に単純なものだった。バブルにむかう前半の五年は、ボックス圏内の動きをしばらく続けると、株価はうえに突き抜けていく。基本的には買いポジションを維持すればよかった。バブル以降の十年近くはその反対。売りポジションのキープで間違いない。

十五年分の収支計算が終わったころ、窓の外はすっかり暗くなっていた。利益率は天文学的な五千六百パーセント。最初の百万は十五年で約五千六百万超になる。だが、そんな商いが可能なのは、すべての値動きをあらかじめ予知できる神様だけだ。

¥

それから数日まつば銀行の株価に目を凝らしていた。小塚老人は売買技術についてはなにも新たなレッスンをおこなわなかった。もちろん、新聞を隅々まで読むことと一日一問は続いている。このころになると熱のはいり方も違っていた。

おれはきく。今の経済の仕組みを知るには、どのくらいまで過去にさかのぼって歴史を学ぶ必要があるのか。小塚老人はむずかしい顔でこめかみに指をあてる。

「経済考古学の必要はない。経済について学び、知識を増やすことと、実際の投資活動はまったく異なるものだ。そこを勘違いしてはいけない。ピアノ工場の職人は、一番左の白鍵A音のピアノ線の張力を知っているかもしれない。どこの国のどの山の斜面で取れるスプルース材の響きがいいかも知っているだろう。だが、どれほどピアノの構造や歴史を学んだところで、それだけではプロのピアニストにはなれない。実際に弾いて、失敗と成功を重ねながら、演奏技術を身につけていくしかない。才能の問題もある。しかし……」

そこまで話すと、急に顔をほころばせた。

「技術だけでは、演奏に深みが生まれないのも事実だな。きみに向学心がでてきたのも幸いだ。わたしは今の経済状況を理解するには、バブルの膨張と崩壊についての省察が欠かせないと思う。勉強したいというなら、一九八五年にニューヨークで開かれた五カ国蔵相会議から勉強すればいいだろう」

「簡単にレクチャーしてもらえますか」

小塚老人に骨だけでもきいておくと、あとで資料にあたったときにすごくわかりやすい。天性の教師なのかもしれない。大学時代のセンセたちに、爪《つめ》のあかでものませたいくらいだ。老人が皮をむいたばかりの新鮮な甘えびなら、教授たちはカップヌードルに浮いてるフリーズドライのえびの乾物《ひもの》だ。なにかを学ぶスリルと楽しさが、きれいに脱臭されている。おれは聖者の一番弟子にでもなった気分で、敬虔《けいけん》に耳を立てた。

「始まりはいつもアメリカだ。当時のレーガン政権は財政と貿易の巨額の赤字に悩んでいた。八五年プラザホテルで国際政策協調によるドル安誘導が合意された。翌年の東京サミットまでには、一ドル二百四十円から百七十円まで一気に円高がすすんだ。それからもじりじりと円高は進行する。日本中が壊滅的な円高不況におびえていた。だが、日本経済はしぶとかった。一ドルが二桁《けた》に近づいても、たたかれるたびに経済は強くなっていく。ジャパン・アズ・ナンバーワンはこのころの流行《はや》り文句だ。わたしたちは世界最強の製造業と輸出競争力に浮かれていた」

小塚老人は宙に目を据え、淡々と語った。黒いガラス玉のような目にはなにも映っていない。悲しみも後悔も反省の光りも。

「このときの慢心と増長に満ちた心理的モーメントが、バブルを用意した。折悪しく不振だった地方景気をテコいれするため、アメリカは公定歩合を引き下げた。八七年には日本も金利差を維持するため、アメリカ政府の要求に従い二・五パーセントという歴史的な低金利を記録した。金はただみたいな金利で借りられる、借りた金で買った株や土地は天井知らずに値を上げる。しかも、国力は欧米を圧するほどの強盛を誇っている。ここに世界史上最大のバブルが発生した」

小塚老人は巨大な球を抱くように両手をあげた。つぎの瞬間、腱《けん》が浮きあがった手のひらをたたきあわせる。パンッ、枯れ木を打つ音が響いた。

「そして泡が弾けた。この爆発的な内破にも、日本人の国民性がよくでていた。嫉妬《しっと》の裏返しの潔癖症だ。中央銀行の総裁がひと粒たりともバブルは逃がさないという。バブルの恩恵に与《あず》かっていない大衆はおお喜びした。金融機関を放置したままいまだにハードランディングは迫れぬくせに、バブル崩壊の瞬間は国民こぞって、徹底したクラッシュを選択したわけだ。清貧がつぎの流行り文句になる。だが、この時点で誰も急激な信用収縮の恐ろしさを理解していなかった。株式・土地をあわせて一千兆円を超える資産が泡と消えた。わたしたちはその激震の余波のなかに、十年たった今も立っている。日本の国家予算は七十兆円強。年収七百万のサラリーマン世帯が、いきなり一億円の借金を背負うようなものだ。家計がどう崩壊するか、想像してみなさい」

おれの親父が銀行から一億借金するのを考えた。返済は不可能だろう。生家と土地を取られ、自己破産するしかない。あるいは何代もかけてすこしずつ借金を返していくか。百年はゆうにかかるだろうが。

バブルの十字架は、親父の世代だけの問題じゃない。たぶんおれたちの世代が片をつけなきゃならない問題だ。おれや街角で携帯をかけてる馬鹿なガキどもが解決しなくちゃいけない。まだまだトンネルは長そうだった。

¥

つぎの一週間、おれはじっと待っていた。草むらに潜んで獲物を狙《ねら》うチータにでもなった気がする。爆発しそうな筋肉にバネをためて、波の動きに心をあわせる。まつば銀行の株価は450円台をつけたあと、翌週は急速に値を下げていった。

446　435　419　404　399

おれは株価が四百円飛び台をつけた木曜の午後、たまらずに小塚老人に渡された電話番号をたたいた。生まれて初めて証券会社にかける、初めての商いの電話。冷静を装っても、手のひらは汗でびっしょりだった。

「はい、スタンダード証券です」

「白戸といいます。大橋さんをお願いしたいんですが」

「ああ、大橋はわたしです。先生から白戸さんのことはうかがっています。今度秘書になられたそうで。あの先生のことだ、白戸さんもさぞ優秀なんでしょうねえ」

調子のいい中年だった。電話越しにきこえる声にも脂がのっている。優がふたつしかないことは黙っていた。

「ええ、それで株を買ってほしいんですけど」

「はい、どうぞ」

「まつば銀行を二千株、明日朝の寄りつきで買ってください」

大橋という外務員はなんでもないという調子で、おれの注文を復唱する。不思議な気分だった。これからもよろしくお願いしますといって電話を切った。あっけないくらい簡単だ。自分が投資しているなんて実感はまるでない。

翌日の朝、いつものように小塚老人の家に出勤しても、おれの頭は仕事より目のまえのディスプレイに映るまつば銀行の株価でいっぱいだった。398円前日比マイナス6円。目標の三百円台で買えた。新聞を読んだままの格好で飛びあがりそうになるくらいうれしかった。仕掛けは完了、あとは波が上向きになるのを待つだけだ。

週末はなんだかふわふわした気分ですごした。なにをしていたのかも忘れている。

快晴の月曜の朝、再びディスプレイに張りつく。386円前日比マイナス13円。胸が痛んだ。固まったばかりのかさぶたを、思いきりひきはがしたみたいだった。身体中がひりひりする。おおげさだというのは、値動きの変動感覚を身につけたことがなく、投資に失敗したことがない人間の台詞だ。椅子《いす》に座ったまま、身体中の力が抜けていく。

不思議なことに、金を失うとか、損をするといった具体的な実感はなかった。ただひと月以上もかけて身につけた値動き感覚が、自分からずれ落ちていくのを感じた。手と足がばらばらに動くようなぎくしゃくした感じ。黒い机にむかう小塚老人を盗み見た。練習にすぎないといっていたが、それでもまずい投資を老人に知られるのはひどく嫌だった。おれはいいところを見せたかったのだ。

（いけない、やっちまった）

あわててもう一度まつば銀行の過去三カ月の場帖を見なおす。つぎの手を必死になって考えた。そして、一番やってはいけないことをしてしまった。

おれはなにもしなかったのだ。ショックに麻痺《まひ》して、市場という草原のまんなかで立ちすくんでしまった。うまそうな獲物もいいところだ。

あれこれと理屈をつけて、おれは悲鳴をあげる自分の感覚を無視した。しくじりになんの手も打たなかった。あとになって考えれば、その場ですぐ売りの電話をいれるだけでよかったのだ。その程度の損失は問題じゃないのだから。

おかげでつぎの三週間、おれは胃のなかに石の固まりをいれたまますごすことになる。

¥

週明けからまつば銀行の株価は急落した。おれがボックスの底だと思っていた値は新しいダウンウェーブの開始点だった。

385　379　381　365　358

350円台を割りこんだときは、奈落《ならく》の底まで落ちていくような気がした。おれは明らかに失敗だった投資を黙って抱え、ただ悶々《もんもん》としていた。小塚老人には口が裂けてもいいたくない。おれ自身わけがわからなくなっていた。その年の三月にはまつば銀行にだって金融システム安定化法により、千五百億円の税金がぶちこまれている。それなのに新しいボックスをつくる動きもなく、株価は一方的に転がり落ちていく。株価というのはその企業の価値を反映する鏡だ。大手都市銀行の信用力というものに、身が裂けるほどの疑いをもったのは、そのときが最初だった。田舎者のつねで、拓銀や山一が潰《つぶ》れても、旧財閥系の大銀行なら絶対に安全だとおれは単純に思っていた。

350　345　339　316　319

救いの主は意外なところからやってきた。株価が220円台をうかがう四月末、まつば銀行の上岡尚盛《かみおかひさもり》頭取が、緊急記者会見を東京証券取引所で開いたのだ。内容はまつばグループ企業二十社による三千五百億円の第三者割当増資の発表だった。引き受け社名のなかには、日本最強のメーカーである豊海自動車の名前がある。豊海自動車の社長も記者会見にあわせるように、増資依頼をまえむきに検討すると、テレビのインタビューでこたえていた。

翌週からまつば銀行の株価はV字型に急反転した。

340　354　389　402　401

おれは400円台をつけた木曜日午後の寄りつきで、もっていた二千株を売った。値段はちょうど400円。2円の儲けでプラス四千円。胃が痛くなるような三週間をすごして稼いだ四千円だ。二パーセント強の手数料を差し引けば、明らかなマイナスだった。おれの生まれて初めての株式投資はこうして確定した。

投資が楽な仕事だなんて、うそばっかり。身体を使わない分、頭とハートはたっぷりと酷使しなくちゃならない。

¥

五月、町屋の低い家並みに跳ねる日ざしも軽やかな月曜日。おれは上機嫌で老人の家にいき、いつものように新聞を読み、株価を写した。小塚老人と猫足のソファにむきあう。コーヒーの香りのなかブラームスの三番が流れていた。昼間からやたらに悲しい音楽だ。

老人はにやりと笑っていう。

「今日は新しいレッスンをしよう。ここにいい教材がある」

そういうとなにかのコピーをテーブルに取りだす。目を落とした瞬間に、おれの売買報告書だとわかった。売買の手口と収支決算が最後の一円までのっている。

「気もちはわからないわけではない。きみは手早く仕掛けて、一発どかんとあててみたかった。初めての投資だから、無理もない。それで投資があてもののギャンブルではなく、危険な仕事であることを忘れてしまった。反省点をあげなさい」

老人のいうとおり、初めての投資は見事に失敗だったんだからしかたない。ちいさな声でいった。

「おれは焦っていたと思います。本当ならボックスの両端に値が近づいてきたときに、もっと慎重になるべきなのに、頭から400円が底値だと決めつけていた。それに失敗と感じていながら、リセットできなかった。ただひとつの武器であるマーケット感覚も投げ捨ててしまった」

あげればまだいくらでもありそうだった。老人は楽しそうにいう。

「そうだな。それにいきなり目一杯の二千株を買ったのも問題だ。きみなりに勉強はしているようだが、分割投資をしなかった。資金を細かく分けて動かす、なぜそんなことをするのかわかるかね」

「リスクを分散させるためです」

「正解だ。何度にも分けて売買することで、株価の平均値を有利にし、一点での勝負でなく、時間軸のなかで線の勝負ができるようにする。基本中の基本だ。それから分割投資にはもうひとつ大切なメリットがある。今のきみには特に重要なことだ」

音楽は第二楽章になった。穏やかな緑の丘を思わせるアンダンテ。

「それは自分自身の欲望を分割することだ。マーケットに参加する人間はすべて欲をもっている。だが、欲望をそのままむきだしにするような粗野な人間は、市場では単なる獲物にすぎない。すぐにくい散らされて退場していくだろう。資金を分割することで、自分の欲望も分割する。困難は分割せよというが、マーケットにおいては自分の欲望と闘うことが困難の極致なのだ。それでも、きみの最初の動きは間違っていなかった。わたしもボックスの底はあそこだと思っていたくらいで、買いからはいるのは当然だ。ただし、それは千株に抑えておくべきだった。そして、失敗を感じた時点ですぐに手仕舞いし、今度は売りから新しくはいり直せばよかったのだ。もちろん千株ずつ。わたしがやったように」

思わず、おれは叫んでいた。

「小塚さんも投資していたんですか」

老人は今度は正真正銘、悪魔のような笑みを浮かべる。ポケットから例の財布を取りだし、角でガラスに字が書けそうな一万円の新札を抜いた。象眼細工のテーブルを滑らせ、おれのまえにおく。

「これはきみへのチップだ。わたしも買いだとは思っていたが、きみの商いを見て売りからはいることにした。相場格言にこういうのがある。『焦って捕らえた好機は真の好機にあらず』。おかげで今回の下げ波にうまくのることができた。きみは毎日暗い顔をして、なんとか収支とんとんのところまでもちこたえたと思っているだろうが、そんな我慢大会は投資じゃない。一年にそうはないおおきな波を見逃したんだからな。よく考えてみなさい。今日はここまで」

おれはテーブルの一万円札を手に取った。その札は自分の机にむかうまで、ずっと手にもったままだった。小塚老人の家をでて、部屋に戻るまでの記憶はまったくない。机のまえに座りこみ壁を見つめたまま、それから三時間考えた。夕方になって尾竹橋通りの文房具屋にいき、アクリルのフォトスタンドを買った。丸い透かしのまんなかにその日の日付を赤ペンで書きいれて、おれは一万円札を机の正面に飾った。

いつでもその札が目にはいるように。初めての投資の、初めての失敗を決して忘れないために。

¥

その週はただ波を見てすごした。

V字型の激しいうねりのあと、まつば銀行の株価は400円近辺でさざなみを打っている。方向感覚は完全に失われた。特に目新しい材料はなく、増資が実施されるのもまだだいぶ先のことになりそうだった。

おれは小塚老人に頼み、給料をそのまま口座に入金してもらった。これで三千株の商いができる。あまり値動きがないのも好都合だ。あの日、自分の部屋にもどってから考えた方法を試してみることにした。

テーマは欲を殺すこと。儲からなくてもいい、おれはもっと売り買いに慣れる必要があった。そのころマーケット感覚には、値動きの変動感覚だけでなく、もう一種類別の感じ方があるのにおれは気づき始めていた。

(いけない、やっちまった)

それは実際に自分の金をマーケットにおいてみて、初めてわかる手ごたえだ。ただ値動きの波を見ているのとはまた違うもので、買いをいれたあと値が下がって損をしても安心な場合があるし、逆のパターンもある。だが、どちらにしても実際に手を動かさなくてはわからないものだった。

おれはせっせと商いの練習をした。月曜日に千株買う、火曜日に感じがよければさらに千株張り増しし、水曜日に最後の千株をのせる。そして、金曜日にはすべて売ってしまう。もちろん最初の千株で、なにか落ち着かないなというときは、すぐに手仕舞いした。今度は逆に信用売りの千株から試していく。損をすることも、得をすることもあったが、どちらにしても値動きがちいさいのでたいしたことはなかった。収支はとんとん。五月いっぱいそんな調子で、自分の手の動きと値動き感覚をあわせる微調整に励んだ。

その練習は縄跳び遊びにそっくりだった。おおきく回転する縄をよく見て、自分なりのタイミングで輪のなかに飛びこんでいく。自分の身体や足の動きはわかっている。波の上下のリズムもつかんでいる。きれいに三回足元をさらう縄を飛んで、するりとマーケットから退場する。

うまくいかないときもある。佐々木のフォークだってすっぽ抜けることがあるし、イチローだって凡フライをお手玉することがあるだろう。投資は野球と同じだった。最初からミスが織りこみ済のゲームなのだ。ミスはつぎの攻撃で挽回《ばんかい》すればいい。

おれは一発一発の投資に力をいれなくなった。だが、まえの月に比べれば手数が飛躍的に増えている。一カ月で二十回の細かな商い。全額をマーケットにおいたのは四回にすぎない。結果は二勝一敗一分け。最終的な収支のトータルは六万円近いプラスになった。今度はあてるつもりなどなかったのに、五パーセントの利益がでる。不思議だ。

新聞で読んだヨーロッパの蔵相の言葉を思いだした。

「マーケットに恋はできない」

おれは自信をもっていえる。いいや、そのフランス人は間違っていると。

なぜなら、その春おれはマーケットと恋に落ちたのだから。

¥

ミチルから話があるから会ってほしいと電話があったのは、五月の終わりの週末だった。

日曜日の昼下がりの上野公園、不忍池《しのばずのいけ》のなかを抜けると遊歩道を肩を並べ歩き、空いているベンチに腰をおろす。両側に続くソメイヨシノの並木は、小魚みたいにみずみずしい新葉をしげらせ、あいだに赤黒い実を隠していた。水面を渡ってくる風は湿っていたが、ちっとも嫌な湿り気じゃない。

おれは投資の練習がうまくいっていたこともあり、最高の気分だった。

「ねえ、ノリくん。今の自分の格好どう思う」

ビー玉のような水滴をのせた蓮《はす》の葉を見たまま、暗い声でミチルがいった。ライトグレイに濃紺の格子がはいったウィンドーペイン柄の軽いサマーウールのスーツに、白地に細かなグレイの格子柄のシャツ、艶《つや》ののった無地のチャコールグレイのネクタイ。黒のストレートチップは二足目のコードバンだった。スーツは小塚老人いきつけのテイラーで仕立てたものだ。

「どうっていわれても。別に悪くないだろ」

「よすぎるよ。そのオーダーメイドのスーツだって三十万円くらいはするんでしょ。うちの会社だって、そんなスーツが着られるの社長くらいしかいないのよ。靴もそう、シャツも同じ。ノリくんはシャツの糸の番手なんか、まったく気にしなかったのに」

「じゃあ、ミチルはおれがいつまでも腐ったトレーナーで、パチンコ打ってるほうがいいのか。こんなものユニフォームにすぎないよ。小塚さんにもらったお仕着せだ。市場ではあたりまえの格好なんだろ」

「また市場。わたしはその言葉とお金の話を、もうノリくんからききたくないよ」

「じゃあ、どうすればいいんだ」

「わたしはこんな台詞、くだらないテレビドラマだけだと思っていた。でもいうよ。わたしを取るか、マーケットを取るかはっきりしてほしいの」

おれはあわてて横に座るミチルを見た。ミチルはしばらくまえから、おれのことをじっと見ていたようだ。真剣な目をしている。以前から考え抜いた言葉のようだった。

「さあ、どうするの」

おれは迷った。もうマーケットからは離れられない。ミチルはおれの目に映るとまどいを読んだようだ。ちいさく息をのみ、驚きの表情を浮かべる。ショートカットの黒髪が新緑を背につややかに光っている。その瞬間、彼女はとてもきれいに見えた。留年しようが、最低の成績をとろうが、気にもかけずにおれを信じて、いつもそばにいてくれたのは、ミチルだけだった。

「考えられない。わたし……人間よりも、数字を取るの。見損なったわ、さよなら」

糸でつりあげられたようにベンチから跳ねると、ミチルは水面を抜ける遊歩道を振りむかずに歩いていった。おれは葉桜に消える彼女の硬い背中を見送った。

胸に穴が開いて、風が抜ける。だが、どうしようもなかった。古い恋は新しい恋に勝てない。おれとマーケットの関係は始まったばかりだ。

¥

建《た》て玉《ぎょく》操作の品評会は毎月の定例になった。五月の売買について、小塚老人は満足げにいう。

「完璧《かんぺき》だった。ビギナーズラックというやつだな。きみは巧妙に危険を回避し、確実に利益をあげた。株式などギャンブルにすぎないと考える愚かな人間は、五パーセントの収益を嗤《わら》うだろう。彼らには簡単な計算さえできない。月に五パーセントの複利で資金をまわせるなら、年間の利益率は八十パーセント近い。マーケットは他の仕事とまったく変わらない。危険はつねに存在する。だがそのリスクをコントロールする者は、着実に前進するのだ。きみは無心で手を動かして今回は成功した。これからはそう簡単にはいかないだろうがな……しかし、おめでとう、きみは最初のステップを終了した」

そういうと小塚老人は乾いた右手を差しだした。おれはその手をしっかりと握った。意外なことに、悪魔の手のひらはあたたかかった。

¥

突然の来客があったのは、梅雨《つゆ》いり直前の六月初旬の月曜日だった。十一時すぎいつものように、小塚老人の仕事部屋で新聞を精読していると、玄関のベルが鳴る。おれは廊下にでて、壁のインターフォンを取った。

「はい、なんのご用でしょうか」

「おはようございます。辰美《たつみ》と申します。今日は小塚さんとお約束しているのですが」

よく響く渋い声だった。驚いた。いつか尾竹橋通りの路上で、特攻服の六人に往復ビンタをくらわせた、あの男だった。部屋の奥から老人の声がする。

「おとおししなさい」

鍵《かぎ》を開け、重い扉を押した。玄関先に日焼けしたおおきな中年男が、手をまえに組んで立っている。濃紺のシングルスーツに第一ボタンをはずした白いシャツ。辰美は軽く会釈すると、おれのあとを足音を立てずについてきて、仕事部屋にはいった。

「コーヒーでいいかな」

小塚老人は応接セットですでにコーヒーミルをまわしていた。ソファにかけるようにうながす。辰美は座ったままの老人に深々と頭をさげた。

「いつぞやはたいへんお世話になりました。コスモスとはきちんと筋をとおすことができました。ありがとうございます」

それからひとり掛けの猫足ソファに重そうに腰を落とす。曲芸台に座る虎のようだった。おれは応接セットを離れ、耳をその場に残したまま壁際のデスクにもどった。

コーヒーを落としながら、小塚老人はいう。

「最近、お仕事のほうはいかがですか」

「まんざらでもありません。今度、おかみがわれわれのためにいろいろと法整備をしてくれたので、新しく商売を始めようと思っています」

「ああ、競売ですか」

小塚老人はこともなげにいうと、おれに声をかけた。

「白戸くん、きみの分もはいっている。こちらにきなさい。紹介だけしておく」

おれは応接セットの横に立った。

「こちらが辰美総業の辰美周二《しゅうじ》さん。彼はわたしの秘書で白戸則道くん。いたらないところもあるだろうが、よろしく頼みますよ」

おれは辰美の目を見たまま頭をさげた。たべてはいけない人間を教えられた猛獣のような目をしている。コーヒーカップをもってデスクに戻った。辰美の声が床を這《は》ってきた。

「世のなかうまくしたもので占有屋や追いだし屋の仕事が落ち目になると、こんどは競売が金になる木になりました」

「そうですね。担保不動産の最低売却価格も安くなり、所有権移転の登記も簡単になった。引き渡し命令だけで占有者も迅速《じんそく》に追いだせる。あれほど評判の悪かった競売市場がこの一年で様変わりですな。まあ、それだけ金融機関が不良債権の整理に本気になっているということなのでしょうが」

「そこでわたしからのお願いの件なんですが、よろしいですか」

小塚老人は黙ってうなずいたようだ。

「小石川と横浜の山元町にいいマンションの出物があります。どちらも人気のファミリータイプで、売却価格は四千二百万と二千七百万。市場価格の三割五分引き見当です。競売屋の仲間内に声をかけて、わたしがなんとか落とせそうなんですが、そこでぜひ小塚さんのご援助を賜りたい」

「いかほどおいり用ですか」

「五千万円。できるなら今週中にご用意いただけると、助かります」

「山城さんにはご相談なさっていますね」

「はい、オヤジには話をとおしてあります。この時間に事務所のほうに詰めてもらう手はずになっているのですが」

それをきくと小塚老人はソファから黒檀《こくたん》の机に移動した。受話器を取ると、番号を押して、なにか低い声で二言三言話しかける。わかりましたと電話を切って、また応接セットに戻った。

「山城さんのお言葉を頂戴《ちょうだい》した。了解しました。明日三千万振りこんでおきます。残りは明後日にお届けします。それでよろしいか」

辰美はセンターテーブルに額がふれるほど頭をさげた。それからぬるくなったコーヒーをひと口でのみほして帰っていく。玄関のほうから、失礼しますとおおきな声が廊下を響いてきた。

小塚老人のいうとおりだった。裏の世界の金融には契約書も印鑑もサインもない。あるのは信用と命がけの言葉だけ。いっそすがすがしいと思ったのは、おれが老人に毒されているからかもしれない。

¥

辰美が辞去したあとで小塚老人はいう。

「時代が変わったな。昔は競売物件など危なくて手をだせなかったものだ。あの男のところでは、不法占拠の占有屋と引き渡し命令を先送りする抗告屋、それに不動産鑑定士まで丸抱えで、不良債権をくいものにしていた。それが今では逆の立場で、転売利益を狙っている。あちらの世界もますます、ここと変わり身の速さがものをいうようになった」

　老人は人差し指で染みの浮いたこめかみをたたいた。

「そういえば、新聞で外資系の投資会社が日本の不良債権を買いまくっているとありましたね」

「あのハゲタカファンドか。金をだしているのは外資でも、実際に動いているのは暴力団関係の連中だ。彼らは成功報酬につられて、時価の十パーセントくらいの値段で不動産を買いたたいている。外資は自分たちの手を汚さず、さすがに商売がうまいものだ。バブルのころ日本人は、金にものをいわせて目抜き通りの一流物件だけを高値で買い漁《あさ》った。だが、外国人は少々危険でも人気の離散した物件を底値で買う。ここはきみにも勉強になるところだ。派手に目立って仕掛けるなどというのは下の下の投資だ。周囲に流されずただひとり別の道をいく、その勇気をもたなければ、とても成功はおぼつかない。アメリカの魂を売り渡したと大騒ぎになったビルも、今は安値でアメリカ資本に買い戻されている。ニュースになどならないがね。差額の莫大《ばくだい》な利益は結局アメリカのものになったわけだ」

　それは以前からおれも感じていたことだった。なぜ桁外れに優秀な製造業を有し、巨額の富を積みあげた日本人が、いざその金を投資する段になるとこれほどナイーブになるのか。初めて金をもったからだなんていいわけは通じない。それならアメリカ人でさえ評価している、三百年前の高度に洗練された米相場の投資技法はなんなのだろう。

「わたしはきみの身上調査では、成績の悪さを実は高く買っている」

いきなり小塚老人が昔の話をもちだした。

「結局のところ、大学の成績などその人間の権威への従順度をはかるものさしにすぎない。まじめにやりなさい、いうことをききなさい、模範解答を覚えなさい。きみは高等教育で自分だけのオリジナリティを求められたことがあったかね」

おれは首を横に振った。残念だが小塚老人の投資教室で起きたように、おれの心に火を放った授業などひとコマもなかった。

「上司や教科書や時代に従順なだけの人間には投資家は務まらない。文部省は自立した個性豊かな人間をつくるという。具体的にはそれがどんな人間なのか、明確なイメージひとつもっていないくせにな。まあ、お手並み拝見というところだ」

なぜおれの心が読めたんだろう。おれは小塚老人の言葉にうなずくよりぞっとした。いつかきいた「孤独に貧しい人間」という台詞を思いだす。おれが投資や金融の世界に興味をもつこと、実際に相場を張りたくてうずうずしていたこと、最初の投資への反応、すべて老人に正確に予測されているような気がした。おれは老人の手のひらのうえで踊っているだけの猿なのか。それとも、とても人間とは思えない魔術師とこのおれが、ほんとうに同じ種類の人間だとでもいうのだろうか。

何人かの数少ない友人とミチルの顔が浮かんできた。懐かしい顔はぐるぐると回転しながら、流れ星のように遠ざかっていく。マーケットというジャングルの奥地へ、いったいどこまで踏みこんでいくんだろう。おれにはわからなかった。わかっているのはジャングルはまっ暗闇《くらやみ》で、その闇に隠れ息をひそめている獣がたくさんいるってことだけだ。

おれもそのなかの一匹に、すでになっているのかもしれない。

¥

水曜日、午前のコーヒーブレイクで小塚老人はいう。

「今日はきみに使いを頼みたい」

ソファから立ちあがり、自分の机にむかうと下段の引きだしを開けた。軽い身のこなしで戻ってくる。なぜか小塚老人は方向を変えるとき、きちっきちっと直角に曲がる。カフェオレ色のヌメ革のショルダーバッグをテーブルにおいた。

「これを辰美さんのところまで届けてもらいたい」

「じゃあ中身は……」

ショックだった。言葉が途中でちぎれてしまう。

「そうだ。残りの二千万円がはいっている。別にたいしたことはない。マーケットでのように慎重に振る舞えばいいのだ。周囲の流れにしっかりと注意しなさい。だが、緊張せず大胆に自然に動かなければいけない」

それから辰美の住所が書かれたメモをおれに滑らせた。

「どんな交通手段を使えばいいんですか」

目の色を隠しているのか、老人は半眼でこたえた。

「きみの好きなように。ただし交通費は自分もちだ」

それで町屋からタクシーで横浜までという手はなくなった。二万円の出費は痛い。

「ただおいてくるだけでいい。子どもでもできる簡単な使いだ」

そういうとあっけにとられているおれを無視して、小塚老人はディスプレイをチェックしにむかってしまう。その週は急速に円安がすすみ、円相場は七年ぶりに140円台をつけていた。九七年度の日本のGDPがマイナス〇・七パーセントでは無理もない。マイナス成長は二十三年ぶりだそうだ。記念すべき前回はおれが生まれた年だった。

¥

曇り空のした、町屋三丁目の裏通りを歩いた。肩には分厚い辞書くらいの重さの金が詰まったショルダーバッグ。おれはいつかミチルと別れた日のグレイのスーツ姿だった。こんなことならもっと安っぽい格好をしてくればよかった。盛大に金の匂いを振りまいて歩いているような気がした。

人けのない裏通りから、メインストリートの尾竹橋通りにでる。買いもののおばちゃんやミニスカートの女子高生までうさん臭く見えた。コスモスのまえをとおると自動ドアが開いて、玉が弾ける音がする。商店街のメガホンから『ＹＭＣＡ』が元気よく流れて、さびれた商店街が一層悲しく見えた。

あの路上の出会いから三カ月、おれはなぜこんなに変わってしまったんだろうか。今じゃ大金をさげて、どこかの組の親分に会いにいく身分だった。成りあがったのか落ちたのかわからない。運命もマーケットと同じだった。先はまったく読めないし、そのときベストと思える手を打つしかない。

しっかりとショルダーバッグを抱えて、営団地下鉄千代田線の町屋駅にむかった。荒川線の踏切の横にはちいさな交番が建っていて、その陰にちょっと引っこむように駅へおりる階段口が切ってある。つけてくる人間がいないか、交番のまえでそれとなく周囲を見まわした。待ちあわせの振りをしてガードレールに座り、さらに五分神経をとがらす。大丈夫なようだ。

地下におりた。太い柱の陰にサラリーマン風の男がふたり立っていて、すこし気になったが、東京駅までの切符を買った。改札を抜けるとのぼり線ホームへさらに構内の階段をおりていく。ホームに人影はまばらで、おれは一体成型の青いベンチに座った。あのふたりもホームにやってきた。あとからもうひとり別なスーツ姿の男もおりてくる。どう見ても連れのようだった。昼時の町屋ではスーツ姿は珍しく、かえって目立ってしまうのだ。

最初の電車が轟音《ごうおん》を連れてホームに滑りこんできた。緑の帯が目のまえをとおりすぎる。おれはベンチに座ったまま、電車を見送った。三人のスーツ男のうちひとりが、のりこんでいく。おれがその男を目で追うと、そいつもほこりっぽい地下鉄の窓越しにじっとおれを見ていた。

六分後、二本目の電車がきた。のりこむと、ふたりもとなりの車両に乗車する。車内は空いていた。ドアの横の席に座る。だが、あのふたりはがらがらの車両で立ったままだ。つぎの西日暮里駅までの二分間は永遠に感じた。スローモーションでドアが開き、アナウンスが流れ、また閉まろうとする。その瞬間おれは座席から跳ねあがると、閉まりかけたドアの隙間に右腕と右足を突っこんだ。空気圧に逆らい無理やりドアをこじ開けて、西日暮里駅のホームにおりる。電車が去ったあと、ホームに残ったのはおれだけだった。

駅の改札をでると、タクシーを拾い、運転手に秋葉原までと告げた。つけてくる車はなさそうだが、よくわからない。空模様は回復していた。ときどき雲の切れ間から刃物のように鋭い光りが漏れて、中央通りの電気屋の原色の看板を斜めに駆けあがる。おれは石丸電気の角でタクシーをおりると、一階から五階まで商品を見る振りをしながらエスカレーターでのぼり、エレベーターで一気におりた。まだ、大丈夫そうだった。

おれは駅まえのキヨスクで紙袋を買うと、裏通りにある喫茶店のドアを開けた。

¥

店は二十脚ほどのちいさなつくりで、一列のカウンターの脇にテーブル席が三つ並んでいた。おれの他の客はジーンズ姿で長髪をうしろで束ね、一様に太ってメガネをかけていた。この街ではオタクの遺伝子が増殖中なのだろう。新たなバイオハザードだ。

アイスコーヒーを注文すると、ショルダーバッグをもって便所にいった。フタを落とした便器に座り、バッグのファスナーを開ける。なかを確かめた。帯封のついた札束が十八個。小塚老人はヤクザに貸すときは月利十パーセントのツキイチだといっていた。あらかじめ利息分は抜いてあるようだ。他になにかないか探してみる。覚醒剤《かくせい》も拳銃《けんじゅう》もクロロホルムもはいっていなかった。あたりまえだ。あの老人がそんな頭の悪いものをもっているはずがない。だが、発信機は怪しかった。おれには細かな電子機器を見破る目などない。

十八個の札束を貯水タンクのまえに並べ、ひとつひとつ確かめながら紙袋のなかに移していった。バッグをもって便所をでる。ひと息でアイスコーヒーをのみほすと、JR秋葉原駅にむかった。道路の脇にとまっている黄色いリヤカーの崩れそうな段ボールの隙間に、老人のショルダーバッグを押しこむ。これでいいだろう。

秋葉原駅で京浜東北線にのりこんだ。もちろん使いは果たさなきゃならない。

¥

石川町のひとつ手まえ、関内駅で電車をおりると、運転手に辰美の住所を見せた。タクシーは駅まえの繁華街をとおり抜け、ゆるやかに続く坂道をのぼっていく。小高い丘のあいだを結ぶ朱色の陸橋をくぐって、突きあたりを右折するとあとは道なりに走るだけだった。

根岸森林公園の入口のむかい側にそのマンションは建っていた。黒っぽいタイル張りで十階くらいの高さだった。近づいていくと建物を囲む木々の枝のあいだに、水の光りが揺れている。横浜港だ。

マンションのオートロックのまえに、いつかの特攻服のスキンヘッドが立っていた。おれの顔を見るとあわてて携帯を取りだす。おれはいった。

「別にどこにもいかないよ。届けものをもってきただけだ。辰美さんにそう伝えてくれ」

オートロックの電気錠が開く音がホールに響いた。特攻服もおれにぴたりと張りついてくる。やつはエレベーターにのりこむとおれを無視したまま、最上階の十一階のボタンを押した。

エレベーターの扉が開くと海が見える外廊下を歩いた。特攻服が先導してくれる。ドア枠のうえにビデオカメラが設置された白いスチール扉のまえに立つ。鍵は開いていたようだ。特攻服のガキはドアを開けると、どうぞといっておれに頭をさげた。

¥

「それにしても、ひやりとさせてくれる」

辰美は苦笑いしながらいった。とおされたのは十五畳ほどの広さのリビングルームで、中央にル・コルビュジエの革をスチールパイプで縛りあげたソファが見えた。すっきりとモダンなモノトーンの、暴力団員らしくない内装だった。おれは例の紙袋をガラステーブルにおいた。

「小塚さんからのお届けものです。遅くなって申しわけありませんでした」

辰美は紙袋に手をいれると、三つずつ百万円の束を取りだし、テーブルに並べていった。紙のブロックが六個積みあがる。

「確かに受け取った。だがなぜ、尾行をまいたり、発信機を捨てるなんて真似《まね》をした。おれは危うく東京中で、あんたに追いこみをかけるところだった。玄人《くろうと》相手にふざけた真似をすれば、痛い目にあうだけじゃ済まんぞ」

おれは窓の外に広がる港に目をやっていた。梅雨いりまえの、ほんの一瞬の初夏の光りが水面に躍っている。ほんとうなら恐ろしいはずなのに、あまり辰美には関心がなくなっていた。

「初めからきちんと届けるつもりでした。ただ、首輪をつけられてここまでくるのは嫌だった。それだけです」

辰美のよく日焼けした顔に、かすかな笑いが浮かぶ。

「度胸あるな。あんた、若いのにおもしろいやつだ。下にクルマを用意する。うちの若い衆にいき先をいってくれ。どこへでも送ってやるよ」

「ありがとうございます。でも、おれ遠慮します。ちょっと考えごとをしたいので、石川町まで歩きたいんです」

¥

地下鉄の町屋駅についたのは、二時間後だった。地上に通じる階段をのぼると、一段ごとに身体が夕日にさらされていく。顔をあげると、オレンジの光りのなかに小柄な黒い影が杖をついて立っていた。逆光にくっきりと切り取られた輪郭が、駅まえの雑踏に浮かんでいる。背景はもち帰り寿司《すし》のチェーン店に、マンガ喫茶とファッションヘルスの看板だった。影がいった。

「ご苦労、きみはいつも予想をうわまわる動きをするな」

ほめられてもちっともうれしくない。おれが腹を立てているのを、楽しんでいるようだった。嫌味な笑いを漏らす老人の横におれは並んだ。通行人には身なりのいい祖父と孫にでも見えたかもしれない。

「これで、テストは合格ですか」

悪魔の笑いはますますおおきくなった。顔中をつなぐしわの何本かがよじれて、いっそう深さを増していく。

「そういうことになるな。わかっていたのかね」

「ええ、途中で気づきました。研修期間は三カ月といってましたね。もう六月になる。これが最終試験なのだと尾行をまいてから思いあたりました。大金をもったときの反応を見る、どれくらい信用できるか確かめる、おおかたそんなところでしょう。プレッシャーがかかれば、人は本性を見せるものだ」

「正解だ」

落ち着き払った老人の顔を見ていて、急に腹が立ってきた。低く叫ぶようにいった。

「それなら、なぜ二千万なんて中途半端な額にしたんですか。丸々五千万おれにもたせればよかったのに」

老人はまた笑った。今度は心底愉快そうな笑顔だった。

「テストとはいえ、そこまでの金を預けて信頼できる人間など、わたしにはいないな」

おれという人間の信用の与信額は二千万というところか。抜けぬけと人に値段をつける老人に、おれもなんだかおかしくなってきた。つられて笑ってしまう。

おれにあわせて鼻先で笑うと、小塚老人の表情は一変した。目を細め正面をにらみつける。初めて見せる鋭い目の光りは、強い憎しみの色に見えた。

「それではこの秋のビッグディールの相手を紹介しよう」

そういうと老人は軽く杖を上げ、銀の握りで指さした。交番の脇に立つおれたちの正面にあるビルだった。放置自転車にびっしりと取り囲まれた、黒っぽい御影石《みかげいし》張りの三階建てのの建物だ。面取りした角に開いたガラスの自動ドアには、松葉をかさねた三角形のロゴマークと支店名が明るい緑色でプリントされている。キャッシュディスペンサーのコーナーに、つぎつぎと客が出入りしていた。

まつば銀行町屋駅前支店。

「きみはずいぶん以前から、われわれの敵について調べ始めていたわけだ。さあ、帰って仕事の話をしよう」

小塚老人はさっさと尾竹橋通りを歩き始めた。おれはしばらくのあいだ突っ立ったまま、開いては閉まる自動ドアのなめらかな動きを眺めていた。

第二章　曇り空のランダムウォーク

一九九八年の六月は、暗い噂《うわさ》でいっぱいだった。

日本経済はゆっくりと、だが着実なペースで破局にむかっている。冷たい顔で原稿を読みあげるキャスターも、もったいぶった新聞各紙も、結果のわかっている事件を報道するように平然と胸が凍るニュースを伝えていた。日本の未来を示す矢印はひとつきりで、それは下むきなのだ。なんとか現在もちこたえているのは、降りそうでなかなか降りださない東京の梅雨《つゆ》空といっしょだった。ちょっと運がいいにすぎない。

マーケットは日本長期信用銀行の話でもちきりだった。

「長銀関連会社の資金繰り表が六月以降まっ白なままになっている」

「大手流通系ノンバンクの再建支援で、長銀だけが債権放棄に応じようとしない」

実際五月の終わりに発表された三月期決算では、長銀の有価証券含み損は二千二百億円近い巨額にのぼっていた。並みいる都銀を押さえて堂々の第二位。なぜおれがそんな数字を知っているかというと、そのころ銀行の決算を読むのがアルバイト先での習慣になっていたからだ。

¥

　おれが最初の試験に合格してから、小塚老人はぽつりぽつりと「秋のディール」について話すようになった。取り引きの内容は依然としてよくわからなかったが、相手は町屋駅まえを貫く尾竹橋通りに都銀でただひとつ支店を開く大手都市銀行だった。

　町屋は荒川区にある下町で、東京の人間でもたいていは誰かの不幸があって斎場に顔をだす以外は用のない街だ。立てこんだ背の低い小家と葉脈のように不規則にもつれて走る一方通行の路地。歩いているのはなぜか年寄りばかりで、活気などかけらもない。メインストリートの尾竹橋通りでさえ、古くからの商店がつぎつぎと店をたたみ、有刺鉄線で囲まれた空き地や立体駐車場に姿を変えている。崩壊する商店街のモデルケースみたいな通りなのだ。

　要は都市銀行のほとんどが支店をだす必要など認めない貧しい街だった。バブル崩壊以降、支店を閉じることはあっても、新規の開店は数えるほどしかない。当分、この街に新たに都市銀行の支店ができることはないだろう。不幸もそれだけ減るというものだ。

　六月の初め、横浜の暴力団に二千万円（とはいっても実際はツキイチの利息を引いた残り千八百万だが）を届けて戻ったおれに、ジジイは最初の情報を漏らした。場所は町屋三丁目にある小塚老人のリヴィング兼用ディーリングルーム。壁際に五台並んだ二十一インチモニタでは、右から左に最新の経済指標とニュースがカラフルに流れていった。

「この秋の敵は、まつば銀行だ。きみは三カ月間あの銀行の値動きを追っている。もう他人事《ひとごと》とは思えないだろう。あの銀行で他に知っていることはあるかね」

それならまかせてほしかった。おれのスクラップ帳にはまつば銀行の情報がたっぷりと詰まっている。そのころには細かな数字の細部さえ、らくらくと諳《そら》んじることができた。アシカだって上手に仕こめば、十六分の七拍子で拍手をするだろう。満点が保証されている試験にむかう興奮を隠して、おれは退屈そうにいった。

「バブル頂点の八九年、旧財閥系の松井銀行と関西に基盤をもつ神南銀行が合併して、まつば銀行が発足しました。預金額三十五兆円、総資産五十三兆円は都銀第三位の上位につけています」

小塚老人は猫足のソファに深く腰かけ、皿ごとカップを取りあげると、自分でいれたコーヒーをひと口すする。壁に四角く口を開けたコンクリートホーンから、ディーヌ・リパッティのピアノが流れていた。バッハのパルティータ第一番。これ以上ないほど清冽《せいれつ》な音楽を、傾きかけて腐臭を放つ銀行の話のBGMに選ぶ。皮肉のつもりなのだろうか。

「それはリクルート用のパンフレットに書いてある宣伝文句だ。悪いほうの数字をいくつかあげてみなさい」

どうやらジジイのほうでも、まつば銀行の裏は取ってあるようだった。試験のスリルは半減した。

「公表されている不良債権の総額は二兆三千億円強。他の都市銀行では二兆を超えるところはありません。有価証券の含み益もマイナスの二千九百億円。長銀を押さえて一位です。預貸率は百九パーセント。今はどこも貸しだしを抑制してますから、百パーセントを超えるオーバーバンキング状態はほんの数行です。自己資本比率は海外での営業を続けるにはぎりぎりの八パーセント。だいぶ下駄をはかせているようですが」

ジジイは出来の悪い生徒の精一杯の解答に満足そうにうなずく。

「支店の数も、役員数も他の都銀の一・五倍はある。行員数は約二万二千名。規模では断然首位にいることになる。贅肉《ぜいにく》のつきすぎで、稼いだ利益はすべて高い給与に消えてしまうのだろうな。あの銀行は合併から十年たっても、いまだに頭取の人事を旧行出身者ごとにたすきがけにしているそうだ。きみはあの銀行をどう思うかね。投資案件としては適格だろうか」

これもこたえがわかっている質問だった。マーケットでは長銀のつぎはまつばが危ないとすでに噂が流れている。現在の三百円台なかばという株価水準は、大手都市銀行のなかでは最低クラスだった。

「ムーディーズのいうとおりでしょう」

日本にはしがらみがない欧米の格づけ会社は、まつば銀行をうえから数えて十一番目のBa1に分類していた。上品にいえば投機的な要素を含む投資先という意味だが、実際には金をドブに捨てるつもりがなければ手をだすなという合図だった。

「ハイエナにつぎに狙《ねら》われるのはあそこでしょう。だけど、まつばは巨大です。おれたちが手に負える相手じゃないですよ。風邪を引いたゾウを一匹のアリが倒すようなもんです」

小塚老人の目は黒いガラスのように光りをはじいた。感情のこもらない声が響く。

「とどめを刺すつもりも、刺せるとも思っていない。だが、あの巨体の一部からかなりおおきな肉の固まりをわれわれは切り取れるだろう。一匹のアリがよく訓練されていればな。きみはまつば銀行の研究を続けなさい」

おれはまた新聞を精読するために、窓際の机に戻った。そのころには日経だけでなく主要な全国紙三紙が新たに加わっている。午前中の三時間は新聞を読みこむだけですぎていった。

¥

数日後、千代田線町屋駅の駅ビル「サンポップ」に日用雑貨を買いにいくと、小雨のなかビルの横手のタイル張りの広場で、肩にたすきをかけた年寄りがたくさん、なにかちらしを配っていた。何人かは署名集めのクリップボードを抱えている。おれはサラ金やテレクラのティッシュだってもらうことはない。かかわりになるのが嫌なのだ。そのときも差しだされたピンク色のちらしと署名の嘆願を無視してとおりすぎた。

白いポリ袋をさげて老人の家に戻ると、ジジイはディスプレイから目もあげずにおれにいう。

「そこのテーブルのうえにあるものを読んでおくといい」

センターテーブルの中央にはピンクの紙片がおかれていた。先ほど駅まえで配っていたのと同じものだ。おれが手のこんだ象眼細工の天板から薄っぺらなちらしを取りあげると、ジジイは自分の机を離れソファにむかってくる。紺のインクで荒々しく刷られた中身に、ざっと目をとおした。

まつば銀行が、まさかそこまで?

バブル期、許されない「相続税対策」をだましの口実に使い、まつば銀行は違法な過剰貸付を、この町屋で多数おこないました。現在ではそれらのほとんどが不良債権と化し、たった一通の知らせで庶民が生涯をかけて築きあげた土地・建物を競売にかけるという、非道な手口がまかりとおっています。

当会では係争中の裁判を支援するため、決起集会を開くことになりました。皆さん、奮ってご参加ください。

開催地・日時／三河屋二階　今夜六時決行
主催／尾竹橋通りまつば銀行被害者の会

銀行被害、過剰貸付？　これはいったいなんなのだろうか。おれにはまるで意味がわからなかった。

¥

小塚老人はおれのむかいに腰をおろした。口の端がかすかな笑みでよじれている。

「今日のきみの質問は、そのちらしで決まりだな」

おれは新聞を読み、まつば銀行の株価をチェックする以外に、一日一問このくえないジジイに質問するのが仕事だった。ちらしをテーブルに戻し、目をあげた。

「どういう事情かわからないけれど、借りた金は返すのがあたりまえでしょう。銀行被害ってどういう意味ですか」

小塚老人はじっとおれの目を見た。

「きみは融資つき変額保険を知っているかね」

おれが首を横に振ると、ジジイは席を立ちコーヒーをいれにいってしまった。こみいった質問のときにはよくそうするのだ。おれをじらし、自分の頭で考えさせる時間を取ろうというのだろうか。おれは焦げた豆の匂《にお》いをかぎながら、張りのあるソファで新しい授業が始まるのを待っていた。

¥

ジジイによると融資つき変額保険はバブル期に狂い咲いたあだ花だという。

「八六年に売りだされ、五年ほどですたれてしまった新型の保険だ。バブルのころ、よそが濡《ぬ》れ手で粟《あわ》の金儲《かねもう》けをしているのに我慢できなくなった銀行と生保が手を組んで始めたものだ。システムは簡単で、加入者はまず巨額の生命保険にはいる。その金は銀行が丸抱えで貸してくれる。高い運用でふくらんだ死亡保険金で銀行に借金を返し、さらに高額の相続税も丸々払えるというプランで、保険会社は保険料を主に株式に投資していた」

なるほど、別に問題はない。ただし、それは株式相場が右肩あがりで続いている限りの話である。銀行の利息を株の配当金がうわまわっているあいだは、加入者にも利益があるだろう。たった五年ほどと短命だったのも無理はない。

「バブルが弾けてから売られなくなったのは、逆ざやになったせいですね。だけど自分で納得して契約書に印鑑を押しているんだから、あとから騒いだってどうしようもないでしょう」

ジジイはまたおれをじっと見つめていた。だが、いつもの中身が空っぽのガラス玉のような冷たい目ではなく、おれはその視線に微妙な熱を感じた。三カ月とつきあいは短いが、そんなことはめったになかったことだ。この話にはなにか裏がある。おれはそう直感した。

「問題はどこにあったんですか」

「豊田商事と同じだよ。大手の都市銀行と生命保険が手を結んで、豊田商法をまねたのだ。人間、恥は知らねばならん」

¥

続く小塚老人の話はひどいものだった。中南米や連邦崩壊後のロシアの出来事かと耳を疑ったが、すべてこの日本で数年まえまで実際におこなわれていたことだという。

都銀と生保の混成チームが日本全国で展開したのは「しもたや作戦」と呼ばれる悪質な勧誘活動だった。不動産など見るべき財産をもっている老人に狙いをつける。できればひとり暮らしならなお結構。経済の仕組みに無知なら文句なしだ。何度か足を運び、顔なじみになったところで切りだす。

「大変ですねえ、地価は際限なくあがるし、土地なんて全部相続税でもってかれちゃうんですから」

老人がため息をついたところで、若く優秀な銀行員はまくしたてる。相手に考える時間を与えてはいけない。キャッチセールスと同じ手だ。

「相続税対策のいい保険があります。必ず儲かるし、絶対損はさせません。なにせバックにはわが国を代表する○○銀行と○○生命がついているんですから」

○○の部分にはなんでも好きな名前をいれてくれ。遠慮せずに一流どころを選ぶといい。どうせどの金融機関でも、バブル期にやっていることは同じなのだから。数字にうとい老人は、子どもに不動産を残してやるためにと、銀行の融資話にまんまとのってしまう。貸しつけられる生命保険料の担保は、もちろんなけなしの不動産だ。バブルのころには不動産さえあれば、資金の使いみちも年収も年齢も関係なかった。考えてみれば年金暮らしの年寄りに億を超える金をいきなり貸しつけるなど無謀もいいところだが、当時はそれがあたりまえという風潮だった。審査基準など紙のうえの話にすぎない。第一、銀行が自分から押しかけ無理にもちかけた提案融資なのだ。

そしてバブルが弾けたあとには、巨額の借金と抵当権つきの不動産が残った。銀行の利息はかさむが、保険会社の運用する株式は奈落《ならく》の底まで落ちていく。当人が死んでも、保険金では相続税どころかふくれあがった借金さえ払えない。当然、つぎに銀行が打つ手はひとつだった。

家族がまだ住んでいる家と土地を競売で売り払い、債権を回収に走るのだ。

¥

小塚老人はいう。

「うまい話には裏がある。きみも気をつけたほうがいいだろう。わたしは尾竹橋通り銀行被害者の会の顧問をやっている。今夜、時間はあるかね」

黙ってうなずいた。一連の流れをきいていると、どう考えても裁判は銀行側に不利なように思える。おれはまた醒《さ》めた目に戻ったジジイにいった。

「銀行は変額保険がハイリスクハイリターンの金融商品だと、知らせて売っていたんですか」

老人は皮肉な笑顔を見せる。

「水かけ論だ。銀行はすべてのリスクは説明済といい、被害者はなにもきいていないという。そうなれば契約書に戻るしかない。細かな文字で記された長々しい約款《やっかん》の最後に、運用の結果によって保険金が払込金より上下する場合もあると記されている。サインも印鑑も間違いはない。裁判はほとんど銀行側の勝訴に終わっている」

あきれた話だった。まんまといっぱいくわされて、身ぐるみはがされる。それが高度資本主義の世のなかというものだろうか。

「被害者はどのくらいいるんですか」

「最盛期の九一年には、変額保険は全国で百二十万件の成約を記録している。この……」

おれは思わず叫び声をあげてしまった。

「ちょっと待ってください。日本の株式は八九年に最高値をつけて、九一年にはとっくにピークアウトしている。誰の目で見ても銀行から借金して、大金を相場にのせるなんて無茶だとわかったはずだ。運用のプロの生保や銀行が知らなかったはずはない」

小塚老人の笑いじわがいっそう深さを増した。どうやら、おれがあわてているのがおかしくてたまらないらしい。

「そのとおりだ。八九年の年末に三万九千円近くまであがった日経平均は、九一年の初めには四十パーセントもさがっていた。すべておまかせの一任勘定で、惨憺《さんたん》たる運用結果でも、保険会社を替えることも不可能な契約だった」

「それじゃあ、銀行と生保は……」

「そうだ。すでに逆ざやになっていることを知りつつ、全国で百二十万人の老人を必ず儲かるといって罠《わな》にはめた。この人たちへの実際の配当は契約の翌年からだが、その九二年夏には日経平均は高値の三分の一近くまで値を消している。これがどういう意味だかわかるかね」

おれは首を横に振った。いうべき言葉が見つからない。

「変額保険による自殺者はこれからもまだまだ続くということだ」

¥

小雨の夕方はいつ日が沈んだのかもわからないうちに暮れていった。六月もなかば近かったが、外は妙に肌寒く湿った空気だ。おれは小塚老人と尾竹橋通りを駅のほうにむかい歩いていった。薄く土ぼこりをかぶったアーケードのしたをゆっくりとすすみながら、ジジイはときおり固く巻いたイギリス製の傘で通りの並びを指さす。

「ここは以前、呉服屋があった……この立体駐車場は、洋品店とそば屋だった」

甘いものに目がない子どもの歯のように、通りのあちこちに管理会社の看板が立つ空き地が黒々と口を開けていた。数年まえまではどこにも商家の軒が並んでいたという。

目的の三河屋には五分とたたないうちに到着した。町屋は古くは日光街道近くの繁華街だったから、この手の定食屋ならいくらでもある。一階は半分が椅子《いす》席で、残りは座敷のいれこみだった。満席になれば百人近く収容できるのではないだろうか。かなりの広さの店だ。入口のガラスの自動ドアを抜けると、レジの脇《わき》にはうえにあがる階段が見えた。おれは踊り場に立っている人間を認め、驚きの声をあげそうになった。

「お久しぶりです」

深々と頭をさげたのは、このまえ金を届けた右翼兼暴力団の代表・辰美周二《たつみしゅうじ》だった。紺のスーツと白いシャツの組みあわせは、前回ジジイの家にきたときと変わらない。小塚老人もていねいに一礼する。

「お忙しいところ、済みません。しかし、今日の集会の様子は辰美さんにも見ておいてもらったほうがいい。秋のディールの役に立ちますからな」

まつば銀行を揺さぶるのに暴力団の力が必要なのだろうか。おれは不思議に思いながら、辰美に会釈した。

二階にあがると框《かまち》にはすでにたくさんの履物が並んでいた。奥からざわざわと人の集まっている気配がする。短い廊下を歩きふすまを開くと、昔は宿屋だったのか、畳敷きの広間になっていた。折れ脚の長テーブルをコの字型に並べ、三十人足らずの老人が腰をおろしている。そのうちのひとりが小塚老人を認めると、上座のほうへ手招きした。おれは辰美の厚い背中を見ながら、しぼんだ雰囲気の決起集会へはいっていった。

¥

まつば銀行被害者の会はそれまでにも何度か開かれたことがあるようだった。どこで売っているのかおれにはわからない黄土色の老人むけジャンパーを着た老人が、自分が代表だといって最近の裁判の進行状況を報告した。手元の紙片に目を落とし、口のなかでぶつぶつとつぶやく声は半分ほどしかきこえなかった。それでも裁判の調子がよくないのは、肩を落とした様子からわかる。

つぎは四十すぎの冴《さ》えない弁護士の出番だった。

「残念ながら元木さんの裁判では、厳しい闘いを強いられています。法律によって厳正に定められた裁判の場と、一般道徳にゆるやかに拘束された社会のなかでの審判は、ときに鋭く対立することがあります。この変額保険問題では、法律の専門家の弁護士でさえ被害者になっているケースがあるくらいなのです。署名運動や政治家、関係省庁への働きかけなど、側面からのご支援をよろしくお願いします」

まばらな拍手が起こった。小塚老人はおれに囁《ささや》く。

「自分にはなにもできないといっている。銀行側は金にあかせて最優秀の弁護士を百人ばかり雇っている。法廷でまともにやりあっていたのでは勝ち目は薄いだろう」

そのとき入口近くに座っているバアサンが勢いよく手をあげた。

「あの、あたしはこの会、今日が初めてなんだけど、話をきいてもらえないかい」

どうぞ、どうぞと代表の老人がいって、バアサンが話し始めた。となりには娘だろうか、五十がらみの蛍光ピンクのトレーナーを着た太った女が座っている。パーマの髪は明るい栗《くり》色だった。

「ともかく、最初は恩返しだからっていうんだよ。長いあいだ贔屓《ひいき》にしてくれた恩返しだから、ここだけの話おすすめしますって。あまり儲かるもんだから、大蔵がすぐに指導にはいって、もう売れなくなるんだって」

口の端に白い泡をためてバアサンは話した。周囲はくたびれた機械のようにうなずいている。

「うちは二丁目の慈眼寺のそばだけど、親が残してくれた土地が百坪ばかりある。銀行のやつは紙を見せていうんだ。坪三百万だから評価額は三億になる。それで、なんだ……」

娘が助け船をだした。

「毎年路線価格は十パーセントずつあがっているので、二十年後には相続税は六千八百万円に跳ねあがります」

怒りがぶり返したようだった。バアサンの顔がみるみる真っ赤になった。

「七千万も払えますか、家がなくなりますよ、ところだからね。それでヘンガクにはいればすべて解決するからと、すすめられたんだ。なんだかうまいことといわれてさ……」

娘が再びあいの手をいれた。たぶんこの女は独身で、母親といっしょに暮らしているのだろう。メジャーリーグの二遊間のような完璧《かんぺき》なコンビネーションだった。

「まつばの人がいいました。一億円お貸しします。実際には三年分の利息に諸経費すべてをつけて一億二千四百万円お貸しします。銀行から年利六パーセントで借りたお金で、生保は株で十数パーセントの配当をだします。去年の利回りは十四から二十パーセントでした。この調子なら五年後にはうちの借金は一億四千万円ですが、保険金は二億一千万円にふくらみます。失礼だけどおばあちゃん、そのときぽっくりいっても、差額で相続税がきれいに払えるでしょう、ねっ。いちおう相続税対策だから、土地を担保にしますけど、形だけのことですから。絶対安全ですから」

確かにうまい話だった。たった一年で百万を超える老人がだまされるのも無理はない。バアサンの声は呪《のろ》いの呪文《じゅもん》のように低くなった。

「まつばを信用してください。子どもたちも喜んでくれますよ……まつばを信用してください。おばあちゃんは一銭もださずに、相続税対策は完璧です……あのときに戻れるなら、呑《の》みこんだって判子を押さなかった」

おしまいのほうは涙声になっていた。娘もハンカチで目頭を押さえている。母親の背中をさすると、きっぱりといった。

「一週間後一億二千四百万円がうちの通帳に振り込まれています。そら恐ろしい金額でした。でも、その日の午後にはお金は全額、生命保険の口座に振りだされていきました。うちのものだったのは三時間くらいです」

バアサンは震える手で巾着《きんちゃく》から、しわくちゃの封筒を取りだした。どうやら銀行からの内容証明つきの手紙らしい。

「十二月にうちの家屋敷を競売にかけるというんだ。それまでに立ち退けと。あの家はもう銀行のものだというんだ。毎日住んで飯くって掃除して窓磨いて植木に水をやってるあたしらのもんじゃなく、どこの誰かも知らない銀行のもんだっていうんだよ」

手のひらでこするように涙をぬぐう。鼻水をすする音が部屋のあちこちからきこえた。単純かもしれないが、おれの腹の底は煮えくり返っていた。ここにいる年寄りのほとんどは住む家を失い無一文になるだろう。裁判での救済は望めない。不動産の価値は最盛期の三分の一以下だから、競売にかけても銀行側でさえ債権を全額は回収できないはずだ。

誰ひとり幸せにならないこのシステムが、なぜ世のなかの決まりとして続いていくのだろうか。おれにはとうてい納得できなかった。いたたまれずに、横の小塚老人を見た。ジジイはすました顔でおれを見つめ返してくる。その目はいつもの黒いガラス玉のような冷たさで光っているだけだった。

¥

集会が終わり、尾竹橋通りに戻ると辰美が首を振りながらいった。

「誰のアイディアか知らないが、あのヘンガクというのはいい手口ですね。恐れいりました。考えたやつをうちの組織にスカウトしたいくらいだ。銀行は自分たちではリスクをまったく負わずに、やりたい放題だ。まったくたいしたものです」

街宣車をのりまわし、パチンコ屋から金をゆすり取る暴力団の代表にほめられる。日本の銀行も鼻高々だろう。駅のそばの駐車場にむかう辰美を送って、おれたちは人けのすくなくなった商店街を歩いていった。雨はあがっていたが、吸いこむだけで肺のなかが濡れたように感じられるほど、夜の空気は重く湿っていた。

地下鉄の駅におりる階段の手まえに黒い御影石《みかげいし》張りの立派なビルが見えてきた。閉じたシャッターに爽《さわ》やかな緑の松葉をかさねた三角形のロゴマークが浮かんでいる。横のショーウインドーにはまだ十代のアイドル歌手の笑顔がでかでかと貼《は》りだされていた。横並びで似たようなタレントに年数千万円ものギャラを払うなら、もっとやることがあるだろうとおれは思った。キャッチコピーは「この街が好きだから♥」だそうだ。右隅には「あなたの街のリテールバンク、まつば銀行」とおさえのコピーがちいさく印刷されている。ジジイは笑いを含んだ声でいった。

「投資業務では外銀にかなわないと見て、地域密着の小口リテール業務に活路を見いだそうというのだろう。だが、さきほどの集会をのぞいてうまくいくと思うかね」

おれは明かりの消えたまつば銀行町屋駅前支店をじっと見つめていた。歩道の敷石をはがして、ウインドーに投げつけたい気分だった。おれの様子を眺めていたジジイが、どこか楽しそうにいった。

「今はがまんしておきなさい。秋になればたっぷりと、やつらに噛《か》みついてやれる。そのときには辰美さん、あなたもよろしく頼みますよ」

オスッと腹に響く声をだして、組長はうなずいた。

¥

まつば銀行の株価は、その他大勢の金融機関と同じように六月の長銀ショックの波をもろにかぶった。引き金は皮肉なことに身内から起きている。春先に信用回復の切り札として長銀とスイス銀行が合弁で設立した長銀ウォーバーグ証券が、九日、こともあろうに長銀株の大量の売り注文をだしたのだ。それを知った機関投資家の尻《しり》に火がつき、日本中の金融機関が長銀株を売り浴びせた。株価は当然、反発の素振りもなく急降下していく。どの銀行の頭取も緊急で記者会見を開き、うちはだいじょうぶだと釈明した。だがマーケットの取り引きは冗談みたいな連想ゲームでもあるから、すべての銀行の株価がつられてさがっていった。それまでまつば銀行株は春先の大底のあと、まつばグループによる第三者割当増資の発表でなんとかもち直していた。しかし、増資の話は記者会見などでアナウンスされるだけで、いっこうに具体化の目算が立たなかった。弱含みだった株価は六月中旬になり、じりじりと下げ足を速めていった。

347　332　329　315　306

311　302　291　299　293

おれは株価が三百十円台になったころから、千株ずつの信用売りで仕込みを開始した。小塚老人のところでアルバイトを始めて三カ月、給料の半分は証券会社のおれの口座に振り込んでもらっていたから、そのころには五千株の商いができるようになっている。六月三週目の終わりにはすべての仕込みは完了し、まつば銀行の株価が落ちるのを待つだけだった。

マーケットはただの揺れ動く数字の波にすぎない。そのころ読んだ金融工学の入門書には、そう書かれていた。株価は究極のランダムウォークで、過去の動きからつぎの値を予測することが不可能な純粋に気まぐれな数列だと、学術的に証明されているそうだ。そんなものを相手に怒りの感情をぶつけても愚かなことかもしれない。だが、あの集会のあとでは、おれはそれほど冷静ではいられなかった。もちろん増資の実施など危険な動きがあればすぐに手仕舞いする準備はできていたが、おれの心はひとつだった。

まつば銀行の株など、額面の五十円を割りこみ、奈落の底まで落ちるといい。それにランダムウォークを相手にするなら、もうひとつのランダムウォークを使うしかないではないか。おれたちの怒りや欲望、不安や恐れ、人の心の動きこそどれも決して数式化できないランダムウォークに決まっているのだ。

愚かな思いこみにすぎなくても、怒りは闘いを支える理由をつくってくれる。おれのまつば銀行研究は、さらに熱を増していった。

¥

七月最初の火曜日、おれはジジイのお供で内幸町の帝国ホテルにいった。まだ梅雨は明けていなかったがその日はまぶしい薄曇りで、前日の雨で瑞々《みずみず》しく光る日比谷公園の緑と、思っていたより広い都心の灰色の空がしっとりとなじんでいた。

高級なシティホテルなど初めてだったおれは、ジジイのいうとおり精いっぱいめかしこんでいた。ライトグレイの綾織《あやお》りサマーウールのスーツに、白いシャツと艶《つや》やかな黒のシルクタイ。足元は黒のコードバンのストレートチップだった。三カ月まえまではコーラの染みがねばつくＧＡＰのスウェットシャツだったのだから、たいへんな進歩だ。

本館のエントランスを抜けて、吹き抜けの天井の高さを見あげ、おれは柄にもなく緊張した。ジジイはさっさと先を歩き、ロビー右手にあるラウンジにはいっていく。ソファに腰をおろすとのみもしないコーヒーを頼んでいった。

「今日、わたしたちが会うのは外国からの客人だ」

英語も第二外国語だったフランス語も手も足もでない。おれの顔色を見てジジイは目尻のしわを深くする。たぶん笑ったのだろう。

「言葉の心配はいらない。むこうは日本語が流暢《りゅうちょう》だ。ＺＥキャピタルについて、わたしにレクチャーしてくれるかね」

試用期間の三カ月がすぎても、小塚老人はおりにふれておれの知識を試す質問を繰りだしてきた。試験はいつもふい打ちで、即座になにか言葉を返して続きを考えなければならない。おれは必死で数日まえに読んだばかりの新聞記事を思い浮かべた。

「親会社のゼニス・エレクトリックの時価総額が、最近三千億ドルの大台を突破しています。会長のジョン・ウェルズは競争力のない事業を売り払った金で、新しい企業を手あたり次第買収するので有名です。事業再編とリストラでは世界一の経営者と呼ばれています」

だんだんと記憶力のエンジンがまわりだした。ホテルのラウンジの贅沢《ぜいたく》なざわめきも気にならなくなる。

「買収のものさしは収益率とそれぞれの分野で世界一のシェアを取れるかどうか。事業の柱は航空機、重電、医療機器、家電、コンピュータ周辺機器。製造業ではアメリカ有数の巨大企業です。ZEキャピタルは確かその金融部門を担当する子会社ですね」

小塚老人は入試に受かった孫でも見るように、満足そうにおれを見た。

「まあまあだ。ZEは製造業のイメージが強いが、現在の稼ぎ頭は金融サービス部門になっている。ZEキャピタルはその中心で、世界最大のノンバンクでもある。時価総額の三千億ドルという数字をあげるなら、適当な比較の対象を示す必要があるだろう。韓国・タイ・マレーシア・シンガポール、アジアの主要四カ国の証券市場すべてをあわせても、二千億ドルを超える程度だ。二十五万人の従業員を抱えるZEは国家を超えた大企業帝国といってもいいだろう」

「これから会う人とZEはなにか関係があるんですか」

いくら切れ者とはいえ、貧しい街の個人投資家にすぎない小塚老人と世界有数の企業帝国に、いったいどんなかかわりがあるというのだろう。素直に質問すると、ジジイはロビーのほうを見て立ちあがった。誰か見つけたらしい。右手を軽くあげ、蠟人形《ろうにんぎょう》のようなわざとらしい笑顔を見せる。おれもあわてて席を立った。

¥

ロビーから数段のステップを軽やかにおりてきたのは、東洋系の小柄な男だった。右手には黒革のアタッシェをさげ、ヨージ・ヤマモトの黒いスーツを着ている。オールバックに見えたが、近づいてくると長髪の先は後頭部で束ねられているのがわかった。男は小塚老人のところにやってくると、頭をさげていった。

「ごぶさたしております、小塚さん。こちらが新しく採用された優秀な秘書のかたですね。お名前は確か、白戸《しらと》則道《のりみち》さん」

でがけにきちんと予習をしてきているようだった。言葉づかいはていねいで正確だが、どこか発音の様子がネイティブの日本人とは異なっている。小塚老人は町屋の自宅では見せたことのない笑顔を固定して男をおれに紹介した。

「こちらはZEキャピタル極東代表のケント・フクハラさんだ」

頭をさげてよろしくといった。四十代なかばくらいだろうか。よく日焼けした彫りの深い顔立ちをしている。笑顔にはこちらの武装を解除してしまうような屈託のなさがあった。この年で帝国の極東司令官になるくらいなのだから、おれなんかとは「優秀さ」の度あいがひと桁《けた》違うのだろう。席に着くとフクハラはアタッシェを開き、なかから封印されたB4サイズの紙包みを取りだした。

「帰ってからゆっくりとご検討ください。クリーヴランドではできる限りの支援を惜しまないといっています」

小塚老人は満足そうにうなずいた。

「ジョンはなんといっていたかね」

会長のジョン・ウェルズのことなのだろうか。フクハラはにっこりと笑う。

「ジョンはこの計画については知らないことになっています。小塚さんには友人としてよろしく伝えてほしいといわれました」

「結構。こちらからもよろしくと申しあげてください」

それからふたりは日本の経済と政治をめぐる世間話を始めた。ほとんどは新聞に書いてあるようなことだが、タイミングという言葉が何度もでてくる。どうせ「秋のディール」のことなのだろう。おれは全身を耳にしてきいていたが、話の筋が読めなかった。最後にジジイがいった。

「政府が本腰をいれて金融再生法案をとおすまでが勝負でしょう。それをすぎてしまえばわれわれの計画はもう意味のないものになってしまう。クリスマスの翌朝のケーキです」

フクハラは眉《まゆ》をひそめていった。

「最終期限はいつごろとお考えですか」

「政府のやることはさっぱりわかりませんが、十月か遅くとも十一月には法案は可決されるでしょう」

うなずくとつぎの会合（ミーティングではなく、この外国人はカイゴウといった）があるといって、フクハラは席を立った。最後にジジイとおれに握手を求める。お会いできて楽しかった、近いうちにぜひまた。若い司令官はやわらかであたたかな手をしている。

¥

近くにある外資系銀行にいくというフクハラといっしょに、おれたちは帝国ホテルの本館をでた。有楽町のガードにむかって歩いていると、通りのむこうの歩道に車椅子がとまっていた。道路は二車線でせわしなくタクシーやハイヤーが行き来している。よく見ると信号機のない横断歩道の手まえで、真っ赤なセーターを着た六十近い女性が困ったように車椅子のひじかけをつかんでいた。それに気づいたケント・フクハラがおれにいった。

「ちょっとまっていてください」

黒革のアタッシェを渡された。フクハラは車をとめ、颯爽《さっそう》と通りを渡るとなにか女性に話しかけ、にこやかに笑いながら車椅子を押して道路を渡ってきた。気もちのいい光景だった。赤いセーターの女性はきちんと礼をいい、帝国ホテルのショッピングアーケードにむかって、ゆっくりと車椅子ですすんでいった。おれがアタッシェを戻すと、フクハラは笑顔を見せる。

「どうもありがとう」

「どういたしまして」

礼ならおれのほうがいいたい気分だった。いつかの都電荒川線を思いだした。ガールフレンドとデートした日、両ひざにギプスをつけ腕にアルミの松葉杖《まつばづえ》を固定した少年がのりこんできたことがあった。あのとき乗客は、みなどこか迷惑そうな顔をしてそっぽをむいていたはずだ。下町のあの冷たさと対照的な外国人のあたたかさ。フクハラは手を振って、宝塚劇場の角を曲がっていった。

小塚老人は姿が見えなくなるまで例の固定された笑顔をつくっていたが、フクハラが視界から消えるといつもの感情の読めないポーカーフェイスに戻ってしまう。まぶしい薄曇りの空のした、ちりひとつないシティホテル脇の歩道で立ちどまったジジイはおれにいった。

「今のをどう思うかね」

これもまたなにかのテストなのだろうか。

「立派なものだと思いました。日本人だとなかなかあんなふうに自然にできるものじゃない」

老人は黒いガラスの目で見つめ返してくる。

「よく覚えておくといい。あれがアングローサクソンの不思議だ。彼らは目のまえに弱者がいれば、当然のように手を差しのべる。優しい心を見せるのが好きで、慈善活動も寄付もするだろう。だが、目に見えない相手には、いくらでも残酷になることができる。一枚の書類にサインをするだけで、地球の裏側にある工場を一度に二十も閉鎖させる。洪水のように途上国に投資を続け、ある日突然、一斉に資金を引きあげる。富に関してはどこまでも貪欲《どんよく》になれるし、その貪欲さが重要な徳目のひとつに数えられている。きみも去年のアジア危機を覚えているだろう」

おれは黙ってうなずいた。九七年七月タイ・バーツが急落して、通貨不安がアジア全域に一気に広がった。記憶に新しい悪夢の夏だ。タイ・インドネシア・マレーシア・フィリピン・香港《ホンコン》・韓国、短期のホットマネーを外資から借り入れて、新しい工場や高層ビルを建てていたアジア諸国は、トラックに踏まれた空き缶のようにぺしゃんこに潰《つぶ》れた。通貨不安⇩短期資金の流出⇩信認の低下と、悪循環がスパイラル状に続いたのだ。もうたくさんという相手に過剰に融資を繰り返し、丸々と太ったところで血液を抜きにかかる。どちらにしても、こつこつとモノをつくって生計を立てている国の通貨が、短期のあいだに五十パーセントも乱高下したら国がもつわけがないのだ。おれはいった。

「欧米の二面性……」

小塚老人は銀の透かし彫りのついたステッキに両手を重ねた。

「わたしたちが毎日親しんでいるマーケットや株式会社という存在も、すべては彼らの思考のパースペクティヴのなかから生まれたものだ。果敢な決断と開拓者の勇気には莫大《ばくだい》な利益を約束し、その他大勢の負け組からは容赦なくすべてを奪う。アングローサクソン流の合理主義の枠といってもいいだろう。誰かがなんとかしてくれるのを待って、マーケットで立ちすくんでいる邦銀は、彼らから学ぶものがまだまだあるだろう。もちろんきみもわたしもな」

そういうとタクシーの列にむかい、小塚老人は右手をあげた。

¥

七月なかばに梅雨は明けたが、マーケットの空は分厚い嵐《あらし》の雲におおわれたままだった。実際九八年の夏はなぜか天候が不順な日が多く、おれは町屋駅まえで雨宿りをしているときに、駅ビルのてっぺんの避雷針に青い稲妻が落ちるのを見たことがある。音と光りはほほ同時で、あたりには空気の焦げるにおいがした。自分の背骨が縦にふたつに裂ける音をきくことができるなら、きっとあんなふうな音がするのだろう。

まつば銀行の株価は低空飛行を続けていた。おれの信用売りの平均値はほぼ三百円。そのころの株価はまだ二百七十五円近辺だったから、まだ買い戻すには時期が早かった。だが、相場の地合いはぬかるみのように悪かったし、外為《がいため》も七年ぶりの安値百四十円台をキープし続けている。自分のあり金をすべてマーケットにのせてしまうと、妙に居心地悪く落ち着かないことが多いけれど、そのときはまったく不安は感じられなかった。ゆうゆうと利益のふくらんでいく五千株にもたれ、相場全体の引き潮に身をまかせているだけでよかった。

おれが初めてまつば銀行の行員と個人的に知りあったのは、そんな七月の第三週のことだった。

¥

小塚老人とおれが座っている窓際の席から、京成町屋駅のホームが見えた。そこは高架線脇に建つ雑居ビルの二階にある喫茶店で、一階は不景気でもなぜか繁盛している巨大パチンコ屋だった。おれはジジイのところでアルバイトをするようになってから、パチンコを打ったことはない。スリーセブンのデジタルがまわるスリルは、世界中の市場で黄金の数字が刻々と変化するスリルとは比較にならなかったからだ。

約束の二時にその男はやってきた。中肉中背でメガネをかけ、紺のスーツに柄が思いだせないほど平凡な同系色のネクタイをしていた。厚さが二十センチもある合成皮革の鞄《かばん》をさげている。ジジイの正面に座ると、アイスコーヒーを注文した。ウェイトレスにさえ愛想がいい男だった。名刺には「町屋駅前支店得意先係　関根秀樹」とある。

同じ金融業界にいるせいか、ZEキャピタルの極東代表とその男は同じ種類のにおいがした。ただフクハラの笑顔は揺るぎない自信を放射していたが、関根のそれはその場にいてもいいのかと周囲の人間に承認を求める笑いだ。にこにこと表面をつくろいながら、おどおど腰を浮かせている。

ジジイはおれを紹介していった。

「これから秋にかけて、わたしもいそがしくなります。わたしが留守にしているとき、例の件でなにか動きがあったら、こちらの白戸くんにご一報ください」

おれはジジイがまつば銀行とかかわりをもっているとは知らなかった。例の件というのもまるでわからない。関根はおれをちらりと見ていった。

「わかりました。あの……小塚さん、定期のほうはだいじょうぶでしょうか」

「もちろんです」

関根は引きつるような笑顔を見せた。安心して肩を落とす。

「ありがとうございます。助かります」

「その代わり、本部で動きがあれば教えてください。特に第三者割当増資の件に関しては、情報がはいりしだいお願いしますよ」

関根はあわててうなずいて、アイスコーヒーを半分ほど一気にのみほした。ストローに空気の泡がはいり、間の抜けた音が平日午後の喫茶店に響く。おれに笑いかけていった。

「外から見ると銀行は手も汚さず楽な仕事に思えるでしょうね。でも、実際はきついノルマがありますし、成績が悪ければすぐにリストラ組のリストにのっちゃうんで大変なんです。ほら、うちのまつばグループに食品会社があるでしょう」

関根はアジアではよく知られた会社の名前をあげた。

「あそこでつくっている化学調味料をうちの銀行ではサービス品によく配っているんです。廊下の隅に段ボールが山になってます。成績があがらない人間には支店長がいうんですよ。給湯室から丼《どんぶり》もってこいって。それで支店のみんなが見てるまえで、丼に山盛りいっぱいの調味料をくわされるんです」

さらさらとこぼれる白い調味料が口のなかを満たし、サンドブラストの外壁のようにのどや胃の壁に粗《あら》く張りつく。想像しただけで胸が悪くなった。関根は目を泳がせながら、にこにこと笑っている。

「小塚さんにお世話になるまでは、わたしも週に二回は丼を空けていました」

おれは思わずいった。

「そんなことが毎日あるんですか。誰も嫌だとはいわないんですか」

関根はお得意様への笑顔をつくったまま、こともなげに返事をする。

「みんな黙ってくってます。支店長がいる日は毎日」

午後三時に閉じられたシャッターの裏側で起きていること。初めてその一部を知って、おれはショックを受けた。銀行の裏側は、おれの想像を超えている。

¥

帰り道、小塚老人はいった。

「彼はわれわれを、まつば銀行株を取り引きする一般の個人投資家と思っている。あの男はいくつに見えたかね」

四十代初めとおれはこたえた。

「彼は二十八歳で独身だそうだ」

おれと同じ二十代だったのだ。おれの卒業した大学では大手都市銀行に受かるなど、よほどのコネがあるか、最優秀の学生のひとにぎりだった。高給取りで仕事も安定している。

世間の評価も高い。バンカーというのは、それぞれの世代のホープがなるものと思いこんでいた。

「でも、ぜんぜん幸せそうには見えなかった。銀行被害の加害者というより、被害者みたいだ」

「そのとおりかもしれない。銀行員は二、三年で支店を変わる。今の町屋駅前支店には、十年まえ変額保険を売りまくった人間はひとりも残っていない。そのうちの何人かは運がよければどこかで支店長にでもなっているのだろう。もっとも最近はポスト不足で支店長になれるのは、大学出の三人にひとりだというが」

「膨大な不良債権をつくった責任は取らされないんですか」

「銀行では支店を変わるたびに、前任店での業務内容はリセットされる。責任は一切問われない体制になっているのだ。変額保険が老人の財産を奪うことになると知っていても、二年後にはどうせ別な街にいる。本部の指示通り目先の成績をあげるほうが身のためだ。成績が悪ければ、丼の出番が待っている」

皮肉な笑みを浮かべるジジイの視線の先を追った。小店にはさまれて、砂利と雑草の散らばる空き地が見えた。誰かが種でもまいたのだろうか、有刺鉄線のむこうに鉛管のような青白いひまわりが背を伸ばしている。重そうな花はうなだれて地面に顔をむけていた。

¥

七月の市場はひと月早くニッパチの凪《なぎ》にはいってしまったかのように動きをとめていた。金融機関の信用不安を増幅する噂、貸し渋りや貸しはがしの話は週刊誌などで連日報道されていたが、読むほうが慣れてしまったのかマーケットにおおきな影響を与えるほどのインパクトはなかった。

そんななかまつば銀行株は、ゆるやかな下り坂をじりじりとすすむ火の消えた機関車のように重たい足取りで値を下げていった。春先からの三カ月では、下げの波がくることがあっても二、三週間で反転の上げ相場がやってきた。おれとしてはゆるやかなうねりのある相場のほうが、リズムを拾いやすく手数も増やせるので好都合だった。こう潮目が一方的になると打てる手が限られてしまうのだ。おれにはもう資金の余裕はなかったし、相場を見ていることしかできない。

しかも今回の下げ波は、六月の終わりからほぼ一カ月近く続いているのに、まだ底を打った気配がなかった。おれは信用売りの株式を抱えて、冷たい夏のひと月をただ数字の波に心をあわせてゆっくりと漂っていた。

化学調味料をくうのも仕事なら、毎日落ちていく三桁の数字にあわせて心を冷えこませていくのも仕事なのだ。社会にでて初めてわかった。仕事というのは実に不思議なものだ。

¥

めずらしく休日出勤を頼まれたのは、七月最後の日曜日だった。午後一で小塚老人の家を訪ねると、玄関先でジジイはおれを待っていた。白い麻のスーツに淡いブルーのシャツ、ネクタイは黄色と白のレジメンタル柄だった。夏の夜の野外ステージに立つ七十すぎの演歌歌手のような派手な格好だ。そんなスタイルのジジイを見たのは初めてで、おれは驚いていた。いつも微妙に素材感とカットが異なる紺かグレイのスーツばかり着ていたのだ。

小塚老人は白の革靴の白いひもをレースアップすると、おれを見あげていう。

「どこかおかしいかな」

おれは笑ってこたえなかった。鍵《かぎ》を閉め、路地を尾竹橋通りにむかった。通りにぶつかると左折して、ライオンズプラザ一階の角にある花屋にはいっていく。おれはガードレールに座り、ガラスの冷蔵ケースのまえでジーンズ姿の若い女に花を注文する小塚老人を見ていた。

五分後、黄色いバラと霞《かす》み草《そう》の花束を持って小塚老人が店をでてきた。花束というのは注文してからできあがるまで、結構時間がかかるものだ。さすがにおれも、今度は黙っていられなかった。

「デートなら、おれは邪魔なんじゃありませんか」

ジジイは例のガラス玉の目でおれを見る。通りに弾ける夏の光りのせいか、ジジイの機嫌がいいせいか、その目は黒ではなく明るい灰色ガラスのようだった。

「きみが邪魔できるような相手ならいいのだがな。今日は直接はわたしたちの仕事にかかわりのない人だ。余計な用につきあわせるのだから、アルバイト代ははずもう。タクシーをとめてくれるかね」

おれが尾竹橋通りで車をとめると、先にのりこんだ小塚老人はいった。

「東尾久《ひがしおぐ》の養福園まで頼む」

¥

車は尾久橋《おぐばし》通りにぶつかる直前の角を左折し、混みいった路地にはいっていく。しばらくすると都電荒川線の線路が錆《さ》びた金網のむこうに見えてきた。十分足らずでタクシーからおりると、目のまえに白い低層マンションのような建物があった。入口の自動ドアの正面は階段とゆるやかなスロープで半々に分けられ、立派な筆文字をレリーフにした青銅の看板が壁面に埋めこまれている。

［特別養護老人ホーム　養福園］

ジジイは花束をさげてさっさと階段をのぼり、入口の横にある受付に声をかけた。

「311号室の波多野さんに面会の約束がある」

そういうと入園表に自分の名前を書いた。振り返るとおれにいう。

「きなさい。わたしの昔のガールフレンドを紹介しよう」

¥

職員に案内されて、ずらりと並んだ扉のまえをとおった。ほとんどの部屋は開け放したままになっている。311号室に着くと中年女性の職員はドア枠の横をノックした。

「テルコさん、お客様よ」

おれは老人ホームの個室を見たのは初めてだった。奥ゆきの深い八畳間ほどの広さで、右手にはきちんとメイクされたベッド、左手にはつくりつけの机がある。壁は白いクロス張りでどこかのマンションの受験生の部屋のようだった。部屋の主は折りたたみの丸テーブルと椅子を窓際におき、腰かけて窓の外を見ている。線路のむこうにはつつましい建て売り住宅が並び、そのうえには鉱物の青さの夏空が広がっていた。職員がもう一度繰り返した。

「テルコさん、お客さまよ。小塚泰造《こづかたいぞう》さんですよ」

ようやく気づいたようだ。黒地の花柄スパッツに白いサテンのTシャツを着た女性が立ちあがって、こちらを振りむいた。黄色いレースの肩かけをやせた肩にのせている。年は小塚老人と同じくらいなので、七十ほどだろう。若いころの美しさは日が沈んで十五分後の西の空のように、よく動く瞳《ひとみ》とすらりと伸びた背に残っている。波多野テルコはにこやかに笑いながら、おれに近づいてきた。

「あら、泰造さん、お久しぶりですね」

おれの手を取るとうれしそうに、手の甲をなでた。焦って小塚老人を見ると、ジジイは将来の約束をした幼い子どもでも見るように、手をにぎりあったまま部屋の中央に立つおれたちを眺めていた。おれにむかって花束の銀のフォイルをむける。

「渡してあげてくれ」

おれは黄色いバラを受け取り、斜めに倒し両手で波多野テルコに差しだした。彼女は最初に顔を寄せて香りを吸いこんでから、花束を胸に抱えた。目がきらきらと光っている。そこだけは容赦ない時間の作用をまぬがれているようだった。その十センチほどうしろにある部分に、時は残酷な力を集中させたのだろう。おれにむかって頬《ほお》を上気させていった。

「泰造さん、どうもありがとう。今日はゆっくりとしていけるんでしょう、ねっ」

小塚老人はドアの近くからおれにうなずいた。おれは初めて口を開いた。

「はい。ゆっくりと昔の話でもきかせてください」

¥

そうはいってもおれには波多野テルコの昔話は意味不明だった。ときどき話の腰が折れると、小塚老人が助け船をだしてくれる。もっともそんなことは数すくなかった。たいていは波多野テルコの楽しげなひとり語りで時間はすぎていったのだ。

窓際のテーブルで紅茶を二杯ずつのむと、彼女は壁の時計を見ていった。

「三時からプレイルームで、社交ダンスがあるんです」

照れたように唇をすぼめる。

「泰造さん、わたしと踊ってくれるかしら」

おれはほほえんでうなずいた。

¥

プレイルームは板敷きの広間だった。テーブルは一方に寄せられ、椅子だけ壁際に並んでいる。すでに十数人の老人がダンスの始まりを待っていた。男性は三分の一くらいだろうか。職員が部屋にはいってきて、簡単なステレオにCDをセットした。

流れてきたのは、後年の自己表現としての音楽とは無関係の三、四〇年代のスイングジャズだった。アナログからの復刻盤なのだろう、針の音がいい味をだしている。

すぐに精いっぱいのおしゃれをした女性と寝巻きに毛のはえたような格好の男性がいくつか即席のカップルをつくった。リズムにあわせてフロアの中央で踊り始める。波多野テルコに手を引かれ、おれもその輪に加わった。

いい時代の産物なのだろう。きく者を突き刺したり、圧倒したりしないスムーズな音楽だった。波多野テルコは見事なタイミングをキープして、軽やかなステップを踏む。目のまえでくるくるとまわる彼女をみているのは楽しかった。おれ自身はというと、ただリズムにのって左右に揺れていただけだったけれど。三曲目が終わってから、おれは彼女の耳元で囁いた。鼻先を先ほどのバラの花束によく似た香りがかすめる。

「よろしかったら、うちの父と踊ってやってほしいんですけど」

「もちろん。よろこんで」

おれは窓辺の光りのなか、ひとりで椅子に座っているジジイを手招きした。小塚老人はそれでも手を振ってなかなか席を立とうとしない。おれは部屋の隅に移動した。

「せっかくだから踊ってきたらどうです。あなたはおれのオヤジということになってます。適当に話をあわせてください」

小塚老人の手を取ると、無理やり身体《からだ》を起こした。中央のステージに押しだしてやる。ジジイは覚悟を決めたのか、姿勢を正し波多野テルコに近づいていった。ドラムスティックがカウントを四つ刻んで、つぎの曲が始まった。部屋に舞い立つほこりと遅い午後の斜めの日ざしで、プレイルームは黄金色に染まるようだった。

¥

夕暮れの迫る尾竹橋通りの街並みに視線を送ったまま、帰りのタクシーのなかで小塚老人はいった。

「波多野さんは十年ほどまえにご主人を亡くされている。生命保険で細々と暮らしていたところに、まつば銀行の融資係がやってきた」

不景気のせいか日曜のせいかわからないが、尾竹橋通りには閉まった店が多く目についた。布団屋、洋品店、履物屋。おれは声をひそめていった。

「変額保険ですか……」

小塚老人はおれと目をあわせようともしない。

「そうだ。彼女のアルツハイマー症が急速に進行したのは、二年まえに住み慣れた家を追いだされてからだ。跡地にはコンビニエンスストアとちいさなワンルームマンションが建っている。まあ、このわたしにもまつば銀行と闘う理由が、少々はあるというわけだ」

土を焼き固めた人形程度しか感情表現をしない小塚老人が、初めて漏らした気もちだった。怒っているのでも、恨んでいるのでもない。ただ乾いて淋《さび》しそうなだけだった。だが、回復不能なほど壊れてしまったひとりの女性といっしょに踊ったばかりのおれには、その気もちが痛いくらいわかった。おれは軽口をきく気にもなれずに、貧しい街の澄んだ夕暮れを見ていた。小塚老人は鼻先で笑っていった。

「同情するなら金をくれというドラマの科白《せりふ》があったな。わたしたちも一銭でも多く、まつば銀行から金を奪ってやろうではないか。八月の市場は開店休業だから、わたしは『秋のディール』の最後の詰めに、クリーヴランドまでいってくる。十日間ほどかかると思うが、留守のあいだはきみにわたしが動かしている相場の面倒を見てもらおうと思う。いいかな」

おれはうなずいていった。

「今のポジションは」

ジジイはにやりと悪魔の笑みを浮かべる。

「現物の買いが三万株、信用の売りが六十万株だ」

おれは危うくタクシーのビニールシートに吐きそうになった。泥だらけの手を腹のなかに突っこまれたような気分だったのだ。

¥

当時まつば銀行の株価は二百六十円近辺。売買代金は六十三万株なら楽に一億六千万円を超えるだろう。それだけの株式の運用を、まだビギナーのおれにまかせるという。相場は資金の規模によって、まるで違う顔を見せるものだ。五千株しか動かしたことのないおれには、六十三万株というのは想像もできないおおきさだった。

何度も頭のなかで暗算を繰り返した。それでも一億六千万円を超える数字には間違いがないようだ。顔色の変わったおれを涼しい顔で見て、ジジイはいった。

「安い給料でそれほどの責任を負わされるのは不満かな。それではその期間中に得た利益の十パーセントをボーナスとして、きみにやろう。その条件でどうかね」

最初のショックがすぎて、おれの頭は冷静に動き始めていた。おれと同じように六月末から売りポジションを取っているなら、仕込みはかなり高かったはずだ。

「売り値の平均値はいくらですか」

にやりと笑顔になって小塚老人はいう。

「結構。アバウトだが三百十円だ」

見事なものだった。おれより十円も高く仕込んでいる。現在の株価との価格差は約五十円。今すぐ手仕舞いをしても、売りと買いで相殺《そうさい》された計五十七万株で、三千万円近い利益になる。だが、おれと同じでジジイもまつば銀行の底はまだ割れていないと読んでいるのだろう。

「わかりました。できる限りやってみます」

さすがに心配になったのか、ジジイはつけたした。

「株価が動かなければ、きみは無理をして手をださなくともいい。なにもしないのも相場だ」

あとになってわかることだが、残念ながら小塚老人の願いはそのときだけははずれたのだった。その時点では世界中の誰も予測はできなかっただろう。なにしろノーベル経済学賞を受けたマイロン・ショールズ、ロバート・マートンの両博士でさえ逃げ損なったのだ。凪の七月のあとには、嵐の八月が待っていた。

それも日本の金融危機などというコップのなかの嵐ではない。二十四時間で地球を一周した二度にわたる巨大な金融津波が発生したのだ。

¥

小塚老人は予定どおり八月十一日に成田から日本を離れた。おれは町屋に残ったままで見送りはしていない。その日には東京証券市場で、八月最初のちいさな地震が起こっている。参議院での与野党逆転状態だった国会はブリッジバンク法案の審議がまったくすすまず、長銀の住友信託との合併交渉も進展を見せなかった。業をにやしたマーケットは数字ではっきりと長銀問題にサインをだしたのだ。八月にはいり額面の五十円近辺をうろうろしていた長銀の株価は、この日ついに倒産株価ともいえる三十七円の最安値を記録した。当然マーケットではつられて銀行株が売りこまれていった。まつば銀行の株価は当面の安値と思われていた二百五十円を割りこんで急落していく。

おれはその時点で三分の一ほど小塚老人の株式を買い戻し、取りあえず目先の利益を確定させようか迷っていた。しかし、運用をまかされてまだ初日なのだ。マーケットの雰囲気は夏休みを控えやる気もなく、ずるずると悪材料にだけ反応する悪い地合いになっていた。国会審議が決着しそうもないことを新聞各紙で確かめると、おれは町屋駅前支店の関根秀樹の携帯番号を名刺の裏を見ながら押した。

「小塚の秘書をしている白戸です。今お話ししていいでしょうか」

背景に自動車の走る音や商店街のBGMがきこえる。外まわりの途中のようだった。関根は明るいのか暗いのかわからない声でいった。

「はい、だいじょうぶですよ」

おれは長銀とまつばの株価の動きを伝えてから尋ねた。

「増資のほうはどうなっていますか」

「ああ、あれね。うちの本部、春先から株価が落ちるたびに第三者割当をやるやるといって、派手に記者会見なんか開いていたでしょう。それで証券取引委員会の調査がはいったんですよ。株価操作の意図があるのかって。それを知った豊海自動車が難色を示して、引受団からはずしてくれといいだしたようです」

関根にすればなんでもない内部情報だろうが、おれにすれば決定的だった。日本一の製造業が抜ければ、同じ金額が動いても増資のインパクトは半減する。第三者割当増資というのは、いってみればグループ企業による応援団のようなものなのだ。おれは口笛を吹きたいくらいだった。

「それじゃ、今回は増資のネタを利用した株価つりあげはむずかしいですね」

「たぶんそうでしょうね。今、そのニュースを流せば豊海自動車がなんとマスコミに返答するかわからない。豊海が応じないといえば、この話全体が流れてしまう。水面下で決着するまでは、増資の件は塩漬けでしょう。委員会の目もうるさいし」

おれは礼をいって、電話を切った。第三者割当増資が不可能なら、現在のまつば銀行に買いの材料はない。おれは様子見を決めこんで、いつでも跳べるように低い構えを保ったまま、つぎのマーケットの動きを待った。

¥

それから数日おれはディスプレイ上で、小塚老人の売買記録の研究に励んだ。まつば銀行株六十三万株分のポジションをつくるまでに、小塚老人は三十七回の細かな分割投資を繰り返していた。そのまま株式売買の教科書に使えるような見事なものだ。最大でも一回の投資は五万株だった。それはおれに彫刻の制作を思わせた。あそこを削り、こちらをつけ足し、離れて見て、再び全体のバランスを再構成する。三カ月にすぎないが実際に自分の手で建《た》て玉《ぎょく》の操作をしたことのあるおれには、小塚老人の迷いや確信、失敗や手直しが手に取るようにわかった。魔術師は揺れ動く数字の波に感覚をぴたりと沿わせ、自分自身の欲望を完璧といえるほど制御していた。

例えば六月のなかば、最初の売《う》り玉《ぎょく》を建てるとき小塚老人は二千株から開始している。それも二日後株価が上昇傾向を見せると、すぐに買い戻して手を引いてしまう。結局この週三回目の売り建てが、最終的には売りの本玉六十万株まで成長することになるのだが、一億六千万円を動かすことになるジジイが六十万円強の信用売りに迷って、三度も張り直しているのだ。見あげたていねいさと臆病《おくびょう》さだった。株価が二百五十円に近づいた七月末には、買い玉を建て大底でのドテン買いの準備もぬかりない。

おれは毎日ディスプレイを見つめ、自分自身に質問していた。確かに資金の大小はあるだろう。だが、おれがこれから何十年か研究と実戦を続けたとしても、果たしてこれほどの売買技術を身につけられるだろうか。

こうしたことのすべては、超絶技巧のコロラトゥーラ・ソプラノを歌いこなしたり、6048172 9の平方根を暗算で求めたりするのと同じで、ある種絶対的な才能を必要とするものではないのだろうか。

白く輝くディスプレイにはもちろんこたえなど映るはずがなかった。

¥

九八年八月十七日、世界経済を揺るがす最初の巨大地震が発生した。

震源地はモスクワだ。ロシア政府と中央銀行はルーブルの対ドル目標相場圏を六〜九・五ルーブルに拡大すると発表した。当日の相場は六・三ルーブルだから五十パーセントを超える大幅な通貨切り下げを容認したことになる。巨額の対外債務も九十日間支払い猶予にされ、国債も事実上の償還繰り延べが決定した。モスクワのRTS指数は年頭からの八カ月で、すでに八十パーセントもの大暴落を演じている。

この衝撃がエマージング市場ともてはやされていた中欧・東欧からアジア・中南米を駆

け抜けて、たった二十四時間でニューヨーク証券取引所まで到達した。好調だったアメリカの株式にこの時点で最初のブレーキがかかったのだ。当然弱含みだった日本の市場を激震が襲った。

それまでの六日間一度も国際電話などかけてよこさなかった小塚老人が、この日はさすがに心配になっておれを呼びだした。おれはジジイの黒檀《こくたん》のデスクでその電話を受けている。となり町からかけているようなクリアな声だ。

「そちらのマーケットの様子はどうなっている」

挨拶《あいさつ》もそこそこに尋ねられた。

「急落しています。日経ダウは一万五千円を割りこんで、歯止めがかかりません」

二週間まえには一万六千円をキープしていたのだ。一直線の落下といってもいいだろう。

小塚老人はつぶやくようにいった。

「そうか……まつば銀行はどうなっている」

「やはり下げています。ですが結構しぶとくて、まだ下値二百三十四円には届いていません」

おれはディスプレイで、その瞬間に変化した数字を読みあげた。

「売り気配で二百四十六円」

「きみの考えをきかせてほしい。この事態をどう思うかね」

おれはためらいながらいった。

「東京のマーケットもまつば株も、まだどしゃぶりというほどの下げにはなっていないと思います。増資の件も豊海自動車が引受団から抜けさせてほしいといっているようです。とりあえず半分ばかり買い戻して、利益を確定させるのもいいでしょうが、ここはもうすこし待ちでいいんじゃないでしょうか」

ジジイは満足そうにいった。

「わたしの考えと同じだ。現時点で財布のサイズを半分に縮小するというのは消極策だ。アングローサクソンを見習わねばいけない。彼らなら最後の瞬間まで利益を極大化させようと、必死の努力を続けるだろう。わたしは昨夜は眠らずに、何人かの友人からロシア経済の様子をリサーチした。きみは財政破綻《はたん》状態のロシアにいくつの銀行があるか知っているかね」

そこはおれの守備範囲外だった。国際的なプレーヤーではなくなったロシアに割く時間など、ゼロに等しかったのだ。わからないといった。

「大小あわせて約三千だそうだ。おまけにちいさな町の銀行でさえ頭取はメルセデスをのりまわしている。五月末に公定歩合が五十パーセントから百五十パーセントに引きあげられた国でだ」

とんでもない話だった。それでは市中の金利は想像もできない。そんな金利では誰も銀行から金など借りないだろう。

「話をきけばなんとも愚かなものだ。九六年にＩＭＦが資金を注入して、政府は緊縮財政にせざるを得なくなった。あそこの融資は厳しい条件つきだ。即座にルーブルの輪転機がとめられた。ロシアのほとんどは国営企業だから、そうなると給料が払えない。腹を立てた労働者は倉庫から生産物を闇《やみ》のルートに流してなんとか生計を立てる。すると生産活動は続いているのに、生産物が消えてしまった。正規の売上がゼロに近いのだから、当然政府は税金を捕捉《ほそく》できなくなる。ロシア政府には金がはいらなくなった。そうなると頼れる手段はひとつだけだ」

話の筋がようやくのみこめてきた。おれは太平洋のむこう側にいった。

「国債ですか」

「そうだ。政府は国債を乱発した。だが、誰もロシア政府を信用しない。長期国債は売れずに、ほとんどは三カ月ものの短期国債に限られた。その金利が桁外れだったのだ。この三年間年率三十八パーセントというでたらめなレートが続いていた。もちろん銀行はおお喜びで飛びついた。海外から資金を集めてただ国債を買えばいい。あとは遊んでいるだけで利益がふくらむ。リスクもない、知恵もいらない」

そんな国ならおれだって銀行がつくれるだろう。日本の銀行に資金を借り、ロシアの国債を買えば一年後には三割は儲かる。不景気の日本に確実に年三割稼げる金融機関など、裏稼業の街金《まちきん》や灰色の商工ローンくらいのものだ。悪名高いサラ金でさえ及ばない。

「銀行家の天国が三年続いただけでも奇跡なのだ。日本の金融危機など問題にならない。ロシアでは連日数十という銀行が破産しているらしい」

「ということは……」

徹夜明けの小塚老人の声は若々しい張りを取り戻していた。

「今回のロシアショックは第一弾だ。まだまだ余震が続くだろう。簡単に収拾できる事態ではない。きみは今とんでもないチャンスを目のまえにしているというわけだ」

¥

確かにおれのチャンスは続いていた。

日本に目を転じると、がらがらと巨大な機械が壊れる音が耳元できこえるようだった。八月二十日には、首相が住友信託の社長を公邸に呼びつけ長銀との異例の合併要請をおこなっている。

翌二十一日には、長銀は日本の金融機関としてはぎりぎりのリストラ案を発表した。経営陣の総退陣、海外からの撤退、人員削減に給与カット、系列ノンバンクへの債権放棄を含む七千五百億円の不良債権処理。あわせて日本ではタブーとされていた元経営陣への退職金返還を要請し、五千億円を超える公的資金を申請することも明らかにした。

だが疑心暗鬼になっている市場の反応は冷たかった。国会ではいまだに明らかにならない長銀の不良債権の総額や、系列ノンバンクへの不良債権飛ばしが争点になり、論議は同じところをぐるぐるとまわりだした。長銀への信用はきりもみ状態で落下していく。

とどめを刺したのはときの大蔵大臣だった。金融安定化特別委員会で正直にこう漏らしたのだ。

「長銀は公的資金を受けなければ、破綻せざるを得なくなる」

もう誰ひとり、マーケットに長銀の味方はいなくなった。つぎに危ないと噂されているまつば銀行株は当然再び売り浴びせられた。

235円

年初来安値の更新まで、あと一歩だ。

¥

ロシア危機の第二弾が前回をうわまわる規模で発生したのは、八月二十七日だった。政府はついにルーブルの垂直落下に耐えきれず、すべての外国為替《かわせ》取り引きを停止した。同時に膨大な額の債務を抱えたままロシアはデフォルトに陥った。かつての世界第二位の経済大国が、債務不履行になったのである。世界同時株安の津波が世界中のマーケットを呑みこんだ。

ニューヨーク・ダウは前日比三百五十ドルの下げ。ロンドン・FT100は百二十ポイント近い下げ。フランクフルト・ドイツ株式指数は三百ポイントを超える下げ。東京はバブル崩壊後二番目の安値まで急落していた。

この日一日で世界の市場から失われた富は、いったいいくらくらいの巨額にのぼったのだろうか。おれは面倒だから計算などしないが、十兆円の単位であるのは間違いない。電子のスピードで世界を駆けめぐるホットマネーの恐ろしさを、世界中の市場関係者が肌で感じ震えあがったこの日、まつば銀行の株価はついに年初来安値を更新した。

209円

¥

このときも小塚老人は国際電話をかけてきている。まつば銀行の安値を確認してから、楽しそうにいう。

「こちらでも銀行株は総崩れだ。ロシアに投資していたシティコープ、チェース・マンハッタン、バンカメリカ、どこも軒並み値を下げている。つぎはタイミング待ちだな」

そのとおりだった。どれほどの含み益を抱えていても、最終的には買い戻さなければ利益は確定しない。おれはそろそろつぎの手を考え始めていた。小塚老人の声は弾んでいる。

「おもしろい話がある。大手ヘッジファンドのロングターム・キャピタル・マネージメントがロシア危機で、四十億ドルとも五十億ドルともいわれる損害をうけているらしい。これは噂ではなくどうやら事実のようだ。マーケットではどうやって損失を穴埋めするのか、すでにそちらのほうが話題になっている。連邦準備銀行が救済策をまとめられるか、どうかとな。まあ、五千億円を超える穴を開けたら、どんな天才を抱えていても焼け石に水というわけだ」

ＬＴＣＭにはブラック＝ショールズ式で金融工学の世界では有名なノーベル賞学者が社員として勤めている。どれほど優れていても、人間は津波と闘うことはできない。おれは自分たちが、買いポジションを取っていなくて心底よかったと思った。なにも知らずに相場を見ていたら、七月のまつば銀行の安値を大底とかん違いして、買い建てから相場を始めている投資家もすくなくなかったはずだ。小塚老人の声が引き締まった。

「そろそろ浮かれてはいられなくなった。これだけの衝撃が世界中を走れば、どの国の政府と中央銀行も手をこまねいてはいないだろう。手を結んでマーケットの建て直しに全力をあげて対処するはずだ。きみのほうは買い戻しのタイミングを誤ってはならない。今が悪材料出尽くしの時期だろう」

ジジイのいうとおりだった。おれは不思議に思い尋ねた。

「それにしてもクリーヴランドで二週間もなにをしているんですか。最初は十日くらいで済むといっていたじゃないですか」

「そうだな。こちらには素晴らしいコンサートホールと交響楽団がある。『秋のディール』を控えて、ちょっとした骨休めをしているところだ」

「ZEとの交渉はうまくいったんですか」

小塚老人は満足そうにいった。

「わたしたちの利益は共通している」

おれは黙っていればいい皮肉をいってしまった。

「それで今回はゆっくりと羽を伸ばして、おれの最終試験を高みの見物というわけですか」

六月いきなり二千万の現金を渡され、辰美のところに使いにだされたときを思いだす。条件はあのときと同じだった。大金を預け不意打ちで単独行動を取らせる。今回の試験は船団のようなおおきさの株式を実地で扱う感覚を、身につけさせようとでもいうのだろう。おれは夏の盛りを日焼けひとつせずに、毎日神経をすり減らしながら、ディスプレイにむかっていた。そのあいだジジイは証券会社と裏で連絡を取りあいながら、夜はメソニック・オーディトリアムでドビュッシーでもきいていたのだろう。小塚老人は含み笑いをしていった。

「だが、誰にも頼らずにひとりであれだけの株式を運用するというのは、なかなかきみ自身のためになったのではないかな。その力はこの秋、ぜひともわたしたちに必要な戦力だ。責任もプレッシャーも、読みがあたったときの喜びも、これまでとは比較にならなかっただろう。今回の下げ波も間もなく崩れようとしている。きみの腕を見せなさい。マーケットからおおきな肉の固まりを奪ってくるといい」

いわれなくても、そうするつもりだった。おれの照準は九月の第一週に絞られている。

¥

猛烈な残暑の九月、おれは小塚老人の家に泊まりこんで、最後の商いに備えていた。まつば銀行の株価は月が変わっても、ゆっくりと値を下げていた。

206　201　197　187　187週の終わり、前日と同じ値をつけた金曜日、おれは午後一の寄りつきでまつば銀行株六十万株を買い戻した。指値はしない。相場のクライマックスなどあっけないものだ。おれはただディスプレイを見ながら、証券会社に一本電話をいれる。

すべてを買い戻してくれとひとことで用件は済み、受話器を戻す。派手なアクションも、涙の別れも、主人公の死もないのだ。すべてはデジタルの世界で、数字が光速に近い速度でいったりきたりするだけのことにすぎない。

おれのだした買い注文がおおきかったせいで、相場は値をあげ百八十円台では買えなかった。おれは確定した取り引きの値をディスプレイ上で発見して、震えるような興奮を感じた。あたりには誰も人はいないが、おれはその喜びを内心に押し隠した。買い値の三桁はつぎの通りだ。

190円

平均の信用売り値は約三百十円だから、最低単位の千株あたり十二万円の利益になる。暗算が得意な人はそれを五百七十倍してほしい。おれとジジイは先ほどの電話一本で七千万円近い利益を確定させたことになる。

おれの全身に鳥肌が立っていたのも無理はない。

¥

誰かの真似《まね》をして、ひとりでコーヒーをいれてのんでいると、玄関で戸の開く音がした。鍵は閉めておいたはずだった。不審に思い顔をだすと、小塚老人が手にアメリカ土産《みやげ》をさげてたたきに立っている。驚いていった。

「まだクリーヴランドじゃなかったんですか」

ジジイはおれに土産の袋を差しだし、靴を脱いだ。

「なかなかいいタイミングだった。わたしは数日まえに帰国していたが、きみの勝負の邪魔をしてはいけないと、都内のホテルに泊まっていたんだ」

またこのくえないジジイにはめられた。だが、それもいいだろう。おれは唇の端だけ歪《ゆが》める小塚老人の皮肉な笑いをまねていった。

「成功報酬のボーナスは覚えていますね」

老人は厚い無垢《むく》材の廊下をディーリングルームにむかう。

「もちろん。数日中に七百万円、きみの口座に振り込んでおこう。そんなことより、わたしたちの『秋のディール』の計画を、詳しくききたくはないかね」

おれはあわててジジイのあとを追い、昼間でも薄暗い魔術師の部屋に戻っていった。

第三章　秋のディール

一九九八年九月の第二週から、ジジイとおれの「五週間戦争」が始まった。

背景は沈み逝《ゆ》く日本経済という真っ黒なキャンバスだ。与野党の足の引っ張りあいで金融再生法のめどはつかず、東証では連日バブル崩壊後の最安値が更新されていた。デフレスパイラル、信用収縮、連鎖危機の見出しが定番になって、新聞や雑誌はどれも代わりばえがしなくなった。なにを見ても同じなのだ。企業業績の悪化とリストラのいたちごっこという暗いニュースより、マグワイアとソーサのホームラン競争を国民のほとんどは読みたがっているようだった。いつのまにか越してきた物騒な隣人のように、金融危機ととなりあわせに暮らすことにみんな慣れてしまった。

日本経済が穏やかに破綻《はたん》に瀕《ひん》していたこの時期、おれたちの戦争は最盛期を迎えていた。長く面倒な仕込みがあり、緊張の糸をぎりぎりに張りつめた待機があり、二日間の総力戦と電撃のディールがあった(おれに関していえば、遠い炎のような恋さえあった)。眠れない夜などあの五週間を思いだすことがある。後悔するわけではないが、もっとほかの手はなかったか、あるいはもっと早く逃げることはできなかったのか、考えることがあった。そんな夜はいつも、こたえがないまますぐに朝がきた。それでも毎回たどりつく思いに変わりはない。あのときリスクを取らなければ、今おれが手にしている利益もなかっただろう。代償はでかかったが、そのリスクを選んだのはおれ自身だ。

第一、縮みあがったまま誰ひとりリスクを取ろうとしないと、全体のシステムがどんなふうに腐り崩れていくか、悪いほうの手本は日々目のまえにある。どこかの誰かではなく、これを読むあんたやおれが構成する日本国の図体ばかり巨大な経済だ。

ここでおれからのアドヴァイスをひとつ。あんたも全部が腐ってしまうまえにできるだけでかい肉の固まりを奪っておくといい。どうせ今のままなら、そう遠くない未来に日本の個人資産（丸々と太った千四百兆円！）は外国勢の草刈り場になるだろう。なにせ日本の金融機関には草を刈るほどの力も残っていないのだから。あんたがちょっとくらい肉をもっていっても、誰も文句はいわないはずだ。

¥

抜けるような秋晴れの朝、新しいスーツを着て町屋の裏通りにあるジジイの家にむかうおれの足はでたらめに弾んでいた。最後の大勝負がいよいよその週明けから始まるのだ。

いつものようにディーリングルームに顔をだすと、小塚老人はおれの挨拶《あいさつ》にも顔をあげず壁際に並んだディスプレイに張りついていた。

「なにかあったんですか」

「ああ。為替《かわせ》が動いている。円高だ」

デスクに重なる全国紙の山を無視して、ジジイの背後にまわった。画面の端に映る東京外国為替市場の円相場が見ているうちに値をあげていく。前週末には一ドル百三十五円だったのに、市場が開いたばかりですでに二円近い急騰を演じていた。ジジイの声が心なしか興奮しているようにきこえる。

「ロシア危機は中南米に飛び火している。ロシアに貸しこんでいるヨーロッパと南米に貸しこんでいるアメリカが売られ、消去法で海外の投資家は日本買いに走った。決して日本が強いわけではないのだがな。見なさい」

おれは五台並んだディスプレイの一番端に目をやった。そこでも数字は目まぐるしく変化していた。東証一部の平均株価はこの数カ月のあいだ見たことがない勢いで上昇している。マーケットが開いて三十分ですでに四百円近い棒上げを記録していた。ジジイが笑っていった。

「こちらのマーケットも外人買いだ。株価指数の先物に買い戻しがはいり、裁定取り引きの売りポジションを解消するために現物株を買う。こうなると空のうえにいる誰かがわれわれをあと押ししていると考えざるを得ないな。先週末にまつば銀行を買い戻し、今週はその株が急反発している。じっとしている暇はない。新たなチャンスだ。きみがのんびりしているあいだにわたしは仕込みを始めておいた」

おれはまつば銀行株を確認した。

211円

金曜の大引けが百八十七円だったから、取り引き時間にして数十分で一割以上も値を上げていることになる。まつば銀行株は発行済みの総株数が約三十八億株。月曜日の朝飯まえに時価総額で九百億円も資産は増大している計算だった。

マーケットは文字どおり息をしているのだ。おおきく吐くこともあれば、今回のように吸うこともある。それが外部要因のせいにしても、ちょっと胸をふくらませるだけで一千億円近くも全体の価値は膨張していく。これがマーケットの日常だった。もちろん銀行自体の経営難にはなんの変化もない。

新しい売《う》り玉《ぎょく》を建て、まつば銀行を狙《ねら》い撃ちにしたいおれたちに、この日は絶好の波がきていた。これだから相場はやめられない。

¥

残念ながら、すべての人にとってよい日はない。三十六業種のすべてが値を上げ、平均株価が七百七十四円の急反発を見せたこの日、市場関係者のほとんどは笑ったろうが、おれとジジイの上機嫌は長くは続かなかった。

午後四時、熱狂のまま閉じたマーケットの余韻に浸りながらコーヒーをのんでいると、ジジイの机の電話が鳴った。小塚老人は素早い身のこなしで、顔が映るほど磨かれた黒檀《こくたん》のデスクに戻る。おれはジジイがいれたコーヒーをすすりながら、奥ゆきのあるディーリングルームの反対側を眺めていた。昼でも薄暗い照明のした、ディスプレイでは東京を受け継いで開かれた海外市場の数字が躍っている。

「小塚です」

普段はほとんど表情をあらわにすることがないジジイの顔色が曇った。電話の相手に返事もせずに、深いため息をつく。

「わかりました。あとでうかがいます」

猫足のソファに戻ってきた小塚老人の背は、わずかだが丸まっていた。

「なにかあったんですか」

「ああ。きみは被害者の会に顔をだしていた親子を覚えているか」

バブルのころ銀行と生命保険が手を組んで老人たちをはめた融資つき変額保険の被害者の会が、全国各地と同様この町にもある。銀行は相続税対策といって収入のない年寄りを丸めこみ、不動産を担保に巨額の押しかけ融資をおこなった。バブルが弾けた現在、残されたのは不良債権の山と自分の住む家屋敷を競売にかけられるのを待つだけの老人たちだ。

おれはカップをテーブルに戻すといった。

「初めて出席したといって被害の様子を話していた母娘《おやこ》ですね」

もう三カ月近くもまえになる。場所は尾竹橋通りの定食屋の二階。八十近いしぼんだバアサンと太った五十がらみの娘が会合に参加していた。娘のほうは派手なトレーナー姿だったはずだ。色は確か蛍光ピンクか鮮やかなオレンジ。小塚老人の口の端が冗談でもいうようにあがった。声には沈痛な響きがある。

「あの母親のほうが自宅で首をつった。今夜が通夜だ。被害者の会のメンバーも集まるそうだ」

返事ができなかった。おれが口を開けたままでいると、小塚老人はあざけるようにいう。

「自分の家で葬式をだし、近所のみんなに送ってもらう。かわいそうだが最後の望みだけはかなったのだろうな」

おれの頭にバアサンが手にしていたしわくちゃの封筒がよみがえった。まつば銀行からの内容証明つきの手紙だ。泣きながらバアサンはこぼしていた。十二月には家屋敷は競売にかけられる。すでに銀行口座は差し押さえられて、金は一文もない。銀行がくれた猶予は半年だけだ。おれは目の端でディスプレイの数字を見つめた。

215円

まつば銀行の株価は朝方よりもわずかに値を上げて、ブラウン管のむこうで澄ましている。おれは生まれてから三桁《けた》の数字がこれほど憎らしく見えたことはなかった。

¥

その夜、おれと小塚老人は慈眼寺の裏手にある母娘の家にいった。都電荒川線沿いのイチョウ並木はまだ青々と葉を繁《しげ》らせ、町をゆく人は夜になって涼しさを増した風を楽しむようにゆっくりと歩いていた。一両だけの都電は蛍光灯の光りとベルの音を漏らしながら、小家の立てこんだ町をがたがたとすぎていく。東京下町の穏やかな風景だった。バブルから十年たって、一見町の様子は落ち着いて見える。だが、その十年が自殺した年寄りにとってどんなものだったのか、おれは考えないわけにはいかなかった。生命保険の運用ミスでみしみしと借金がふくれあがる音をきく十年間。この緑の鮮やかさや風の心地よさをバアサンは最後にどんなふうに感じたのだろうか。小塚老人は口を厳しく引き結んで、先に立って歩いていく。

その家には地方の裕福な農家のように瓦葺《かわらぶ》きの門構えがあった。門扉から玄関までの五メートルには大谷石が張ってあり、奥に屋敷が暗く沈んでいた。地元の銀行員なら目をつけずにはいられなかっただろう。いいカモだ。この門構えのせいで間違いなくバアサンは銀行に狙われたはずだ。なにかをもつのがいいことなのか、悪いことなのか誰にもわからない。

裸電球が灯った玄関先にはたたきをあふれた履物が、引き戸の外まで乱雑に並んでいた。グッチやフェラガモなど一足もない。履き古してくたびれた様子に、被害者の会で見かけた老人たちの顔が浮かぶ。奥からでてきたそのうちのひとりに挨拶すると、おれとジジイは法律上はすでにまつば銀行の所有物である家にあがった。

¥

板張りの廊下には座布団も敷かずにたくさんの年寄りが座っていた。あたりがかすむほど線香がたかれていたが、おれにはそのくすんだにおいが老人特有のものか線香のせいかよくわからなかった。泣いている人間はわずかで、たいていは魂を抜かれたようにぼんやりしているか、近くに座る同類とひそひそ話でもしているかだった。

老人たちを避けながら、八畳の続き間にはいった。こちらにはありったけの座布団が並んで親戚《しんせき》が集まっていた。子どもや若い人の姿も見える。床の間を背にした祭壇は白菊の花で埋まっていた。太った娘は焼香する弔問客につぎつぎと頭をさげている。おれたちの番がまわってきた。小塚老人に続いて、おれは香をつまんだ。

目をあげた先には質素な白木の箱に納まったあの老女がいた。傷跡を隠すためか首筋には白い絹の布が巻いてある。小窓からのぞく顔はうっすらと化粧しているせいで、あの夜よりも品がよさげで妙に上機嫌に見えた。無念も苦痛も断ち切った人形のような身体《からだ》がひとつ、そこにはあるだけだった。すべての思いは生きている者たちに託されたのだろう。金ではなく人の思いの投資信託だ。生き残った人間は何倍にもして返してやる責任がある。

(見ていてくれ、きっとやつらにひと泡ふかせてやる)

くさい科白《せりふ》なのはおれだってわかっている。だが、おれはバアサンになにかをいってやりたかったし、ほかに死者におくる適切な言葉がみつからなかったのだ。

¥

型どおりのくやみの言葉を済ませた小塚老人に、きつめの喪服に身体を押しこんだ太った娘が頭をさげた。被害者の会の顧問をしているせいで、ふたりは顔見知りのようだった。

まっ赤な目をあちこちに走らせながら娘はおどおどといった。

「あの、先生、こういうことがあっても、銀行はまだ競売をするというんでしょうか」

小塚老人は祭壇のほうに目をやったまま、低くこたえた。

「残念ですが、銀行をとめることはできないでしょう。これまでもこうした例はあったようですが、たいていは数カ月ほど先延ばしされるだけで、競売は強行されています」

「そうですか、やはりだめですか」

小塚老人は声をひそめた。

「失礼ですが、生命保険からなにかいってきていませんか」

五十すぎの娘は大儀そうにうなずいた。

「電話がありました。死亡一時金は四千万円を切るそうです」

「そうですか。銀行からの借り入れはいかほどに」

ため息といっしょに重い数字が返ってくる。

「二億円近くと」

あきれてものがいえなかった。無理やり貸しつけた一億円を生命保険は株で半分以下にすり減らし、銀行は倍額にして取り立てようとする。相続税が払えるどころか、残ったのは差し引き一億五千万の借金の山だ。被害者の会の老人たちの魂が抜かれてしまうのも当然だった。明日は我が身だ。

「おまえら、なにしにきた！」

そのとき玄関先から、年寄りの全身を震わせるような叫び声があがった。

¥

その場にいる人間すべての視線が廊下のほうに集まった。通夜の席は静まり返り、焼香の煙は垂直にのぼっていく。廊下の奥から人がやってくる気配がした。突き刺すような場内の視線を浴びて、先頭にスーツ姿の中年男が、そのうしろに三十くらいの女が続いていた。長身の女は細みの紺のスーツをぴしりと着こなしている。タイトスカートの足さばきの鮮やかさが目に残った。ふたりはおれたちの横に座布団をはずして正座すると、喪主の娘に頭をさげた。男のほうが名刺を差しだす。ちらりとのぞいたカードの端には、松葉を重ねた三角形の緑のマークが見える。

「まつば銀行町屋駅前支店副支店長の野《の》田《だ》恒《つね》夫《お》と申します。このたびのご不幸、ご愁傷さまでございます。お力を落とされませんよう」

太った娘は一瞬きょとんと名刺に目を落としてから顔をあげた。危ないと思った。すっかり顔色が変わっている。おどおどと動いていた目はぎらぎらと光りを放ち、手近に包丁でもあれば刺しかねない表情だった。女も名刺をだした。娘はその手を即座に横にはたいた。名刺はおれのひざ頭に落ちる。

「まつば銀行本店広報部お客様係主任　保坂《ほさか》遥《はるか》」。おれは一瞬で中身を読んで、名刺を娘のまえにそっとおいた。スーツの女は冷静だった。声は適度な同情が感じられるようコントロールされている。

「心中お察し申し上げます。故人には当行がたいへんお世話になりましたので、お焼香だけでもさせていただけないでしょうか」

まつば銀行のふたりはマニュアルどおりに対応しているようだった。申しわけないとも、自分たちのせいだともいわなかった。取引先の身内に不幸があったので、まっさきに弔問に駆けつけたという様子だ。首をつったバアサンは過剰貸付の被害者でも、詐欺にあったわけでもない。公式にはちょっとばかりオーバーローン状態に陥った債務者のひとりにすぎないのだろう。不景気の日本にそんな人間はめずらしくはない。

返事は外野席から同時多発的に返ってきた。

「とっとと帰れ、人殺し！」

「ペテン師、年寄りをだましてそんなに楽しいか！」

「おまえらが地獄に堕ちろ！」

廊下にいる被害者の会の老人たちが立ちあがり、いきりたっていた。通夜の席になだれこんできそうな勢いだ。おれが目を離したすきに、娘は小振りの洗面器ほどある銅製の焼香盆をもちあげ、まだ煙があがる灰をまつば銀行のふたりに振りかけた。副支店長はあわててスーツのひざをたたいたが、広報部の女はスカートに穴を開ける燃え残りを無視して、ポケットから数珠《じゅず》を取りだし遺影にむかって手をあわせた。

「おさわがせいたしました。手まえどもの主旨をご理解いただけずに残念ですが、今日はこれで引き取らせていただきます」

女がそういって頭をさげた。副支店長も立てひざを戻して四方に腰の引けた挨拶をしている。女はとなりに座るおれに最後に会釈した。目があった。暗い光りが揺れている。女も迷っているようだった。自分の仕事に心底納得しているわけではないのだろう。誰かに自分の立場を理解してもらいたいという目をしていた。おれは無意識のうちに広報部の女にうなずきかけていた。ちょっと驚いた表情が返ってくる。取り澄ました顔が崩れると結構美人なのだとわかった。目の端にこじわが目立ち始めてはいるけれど。

まつば銀行の行員はきたときと同じように、険しい視線のなか帰っていった。

¥

十一時まえにおれたちは通夜の席を離れた。都電の線路沿いを歩いていると小塚老人がいった。

「きみはさきほどの女性の名刺を見ていたようだな」

さすがに目ざといジジイだった。老人の横顔を荒川線の終電が厳しいシルエットで切り抜き、すぎていく。

「本店広報部の主任だそうです」

小塚老人はひとり言のようにいった。

「あの調子なら明日の葬式にも顔をだすのだろうな。どうだね、きみはあの女性に近づいてみる気はないか。本店情報が手にはいるなら、町屋駅前支店の得意先係よりはずっと有利なんだが」

おれは関根秀樹の弱気な笑顔を思いだした。支店長命令でまだ丼《どんぶり》いっぱいの化学調味料をくっているのだろうか。そこに棺桶《かんおけ》のふたに開いた小窓からのぞくバアサンの顔が重なった。生きている不幸な銀行員と死んだ幸福でも不幸でもない銀行被害者。通夜の祭壇では今も線香がとぎれることなくたかれているはずだ。

「わかりました。おれにジゴロのまねができるとは思えないけど、できる限りやってみます」

「よろしく頼む。明日は少々いそがしくなる。きみに紹介しておきたい人間もいる」

おれたちはゴーストタウンのように灯の消えた尾竹橋通りで別れた。

¥

　翌日も東京の空は快晴だった。昼すぎに軽々と真夏日を記録する。汗をぬぐいながら死者を送る。酷暑のなかの葬式というのはおかしな気分だ。バアサンの家のまえの狭い通りを、黒白の花輪と喪服姿の老人たちが埋めつくしていた。町屋斎場まではほんの五百メートルほどだが、立派なアメリカ製の霊柩車《れいきゅうしゃ》が用意されていた。出棺が済んで、金ぴかの僧衣を着たどこかの坊さんが、霊柩車の金ぴかの屋根を背に最後の説教をしようとしたとき、通りの先で木がぶち折れる音がした。

　振りむくと、ちょうどコンクリート塀に立てかけた花輪が引き倒されるところだった。そのあたりだけ出棺などおかまいなしに人だかりがしている。ジジイがおれを見た。うなずき返して、小走りで騒動にむかう。被害者の会の老人たちは寄ってたかって、地面の花輪を革靴で踏みつけていた。薄墨の筆文字は予想どおり、まつば銀行町屋駅前支店と読める。

　周囲から老人たちが集まり始めていた。会葬者の列からすこし離れたところに怯《おび》えたようにまつば銀行広報部の女と副支店長が立ちすくんでいた。おれは女を見た。昨日と同じシャープなカットのスーツ姿。色は紺から黒へ変わっている。きっと色違いで通夜と葬式のために揃《そろ》えた業務用のものなのだろう。

「ふざけんじゃねーぞ」

何人かが女のほうへ押しかけていた。暴動でも起こりそうな危険な気配で、その場の誰ひとり火のついた老人たちをとめようとはしなかった。今にも倒れそうなジイサンバアサンまで、目を光らせて事が起こるのを待っている。おれはまつばの行員と老人たちのあいだに割ってはいった。

「落ち着いてください。故人もそんなことは望んでいません」

「うるせー、こいつらが殺したんだ」

普段なら穏やかな表情で孫でもあやしているのだろう。先頭に立つ小柄な老人の口の端に白い泡がたまっていた。おれはうしろを振りむいていった。

「ここにいたら危険です。保坂さん、引きあげてください。あとはなんとか押さえますから」

おれは上着のポケットから自分の名刺を抜いて、広報部の女の手に押しこんだ。

「すみません」

女はちらりと名刺を見て口のなかでそういって、副支店長を連れ早々に路地を帰っていった。おれはうしろ姿を見送った。形のいいふくらはぎ。黒い筋が一本走っているのは、シームいりのストッキングが流行《はや》りなのだろうか。まつば銀行のふたりが消えると、おれのまわりから被害者の会の老人たちが不服そうに去っていった。ようやくあたりを見まわす余裕ができた。路地の反対側からもめ事を録画していたビデオカメラと目があった。レンズはしばらくおれを撮ってから角度を変え、踏みつけられてくしゃくしゃになった白黒の花輪に寄っていった。

¥

霊柩車を見送っておれたちは駅まえの喫茶店にはいった。アイスコーヒーはでたらめな冷たさで、胃の形を正確に拡大させ腹に染みていく。小塚老人は涼しい顔でホットコーヒーを頼み、いつものように手をつけなかった。

まつば銀行株の仕込みの話をしていると、ビデオカメラをもった男が入口の自動ドアを抜けてきた。小塚老人は軽く手をあげて招いた。

「おかけください、うちの秘書を紹介します」

席に着いたまま名刺交換した。おれの名刺はその日の午後小塚老人から渡されたもので、名前の横には「尾竹橋通り銀行被害者の会　書記」と明朝縦組みで打たれている。広報部の女ににぎらせたのも同じものだ。おれは着古したジーンズの上下を着た男の名刺を読んだ。「BS東京テレビ報道部　栗山義弘《くりやまよしひろ》」。年齢は三十代なかばくらいだろうか。背は低いががっしりした体格で、異様にテンションの高い男だった。

「きみが小塚さんの秘書か。話はきいてる。ぼくは経済ネタを中心にBSのニュースをつくってる。嘱託だし、地上波と違って金はないから、ひとりで撮って、ひとりで原稿書いて、レポートまでやってる。まあ、おもしろい仕事だな」

おれはテレビ記者を冷ややかに見ていた。なぜこの男をおれに紹介する必要などあるのだろうか。ジジイがいった。

「栗山さんは変額保険の被害者を追ってルポルタージュを制作している。大手の局や新聞では、この問題はあまり記事にならんのだ。どのメディアでも広告スポンサーには攻めが甘くなる」

栗山はストローを使わずにアイスコーヒーを一気飲みした。

「さっきは惜しかったな。きみがまつばの行員を守ったのは正しいことだけど、あれで女性のスーツでも引き裂かれていたらもっといい絵が撮れた」

別に返事の必要もなさそうなので、おれは黙っていた。小塚老人が愉快そうにいった。

「栗山さんには『秋のディール』でひと肌脱いでもらうことになっている」

おれはまだ最後の勝負の細かな内容を知らされていなかった。小塚老人は準備が完了していないといって、詳細を知りたがるおれを煙に巻いていたのだ。栗山記者はいった。

「きみはビデオカメラをまわした経験はあるかな。家庭用のデジタルビデオでいいんだが」

首を横に振った。おれがカメラマンになる？　意味がわからなかった。栗山は共犯者に見せる笑顔をつくった。

「今度あったときに小型のやつを貸してやろう。ガールフレンドでも撮って、腕を慣らしておいてくれ」

中川充《なかがわみ》ちるの顔を思いだす。そんなものはこの数カ月いなかったが、調子をあわせてうなずいておいた。

¥

九月第二週の相場は買い方には良好だった。葬式のあった火曜日も引き続き平均株価は値を上げ、一万五千円近くまで上昇した。小塚老人の動きは素早く、この週の前半だけで先週末に買い戻したのと、ほぼ同数のまつば銀行株に空売りをいれている。再び膨れあがった信用売り残が六十万株。ジジイにしてはいつになく大胆な仕込みで、今回は最後の一円までマーケットにのせるつもりなのだとおれは判断していた。

水曜日には日銀による三年ぶりの金融緩和が実施された。無担保コール翌日物金利の誘導目標が〇・二五パーセントに引きさげられたのだ。金融市場にとってはたいしてありがたみのない量的緩和措置だった。どこを探しても優良な借り手がいないのに、金ばかりだぶついていく。結局銀行にしたら日本の国債でも買うか、手元でブタ積みしておくしか使い道のない資金だ。

マグワイアがセントルイスのブッシュ球場で大リーグ新記録の六十二号を放ったのはこの日だった。低い弾道のラインドライブで、いいあたりの外野ライナーと誰もが思った打球は、レフトのポール際に一秒とかからずに吸いこまれていった。九八年初秋の数すくない爽《さわ》やかなニュースだ。忘れられるはずがない。

¥

木曜日の午後、京成町屋駅のそばの喫茶店でおれたちはまつば銀行町屋駅前支店に勤務する関根秀樹と会った。一階に巨大なパチンコ屋があるいつもの店だ。ジジイは定期の金がはいった封筒を得意先係に渡すと好々爺《こうこうや》の笑顔を見せた。

「おかげで先週はたっぷりと儲《もう》けさせてもらいました。関根さんは確か機械式の腕時計がご趣味でしたね」

そういいつつ上着のポケットからなにか取りだした。ゴールドとステンレスのコンビのロレックスだった。なんでもないものに見えたが、かなりの年代もののようで文字盤のくすみと数字の書体が古風でいい味をだしていた。一万円札を数える関根の手がとまった。得意先係はさわろうともせずに、テーブルをなめるように頭をさげて腕時計を観察している。よだれを垂らしそうな声でいった。

「これは六〇年代初期のデイトナですね。コンディションも最高だ」

ジジイは人のよさそうなつくり声でいった。

「気にせずに腕にはめてみたらいかがですか」

関根は驚きの表情で顔をあげた。

「それじゃあ、これは……」

「わたしからの心ばかりの贈りものです。関根さんにはいい情報をいただいた。その時計はずっとしまってあったもので、わたしのところで死蔵するより大切に使ってくれる人の元にあったほうが幸せでしょう」

「ほんとうにいいんですか」

関根の視線は不安そうにおれとジジイのあいだを往復した。おれも歯を見せずに微笑して、関根の物欲をあと押ししてやった。大切そうに両手でロレックスを取りあげると、関根は顔を輝かせていった。

「どうもありがとうございます。遠慮なくいただきます。わたしになにかできることがあればおっしゃってください。なんでもやらせてもらいます」

素直な行員だった。小塚老人は笑いに目を細め、目の色を隠していった。

「それでは、さっそくで申しわけないが、おたくのマニュアルを拝見できませんかな」

驚いた。ストレートの三球勝負。いつもなら何度かあたりをつけてから、ほんとうの狙いを明かすはずなのに今回の小塚老人は違っていた。おれはあきれて横に座るジジイを見た。関根もけげんそうな表情で言葉を返す。

「あの、接客マニュアルですか……」

「いいえ。危機管理のマニュアルがまつば銀行にもあると思うのですが」

「地震や火災時の避難対策ならありますけど」

どこまでもぼんやりした男だった。おれにはジジイのほしがっているものの想像がついた。小塚老人は首を横に振っていう。

「いや。取りつけ騒ぎが起きたとき各支店でどう対応するか、本部で定めたマニュアルがあるでしょう。できることなら、それを拝見したい」

九七年の十一月、あれからほぼ一年になる。三洋証券と北海道拓殖銀行と山一證券と徳陽シティ銀行、ドミノ倒しのように三週間で四つの金融機関が破綻して、日本各地の支店で昭和恐慌以来の取りつけが連発した。あのときの危機を反省して、銀行ならどこでも取りつけ騒ぎに対応する危機管理マニュアルを作成しているはずだった。関根はそれでもまだわからないようだ。小塚老人は頭をかいていった。

「わたしの友人で信用組合の理事をやっている人間がいます。このところの金融不安で取りつけ騒動が心配になったようで、自分のところでもマニュアルをつくりたいといってきました。それならまつば銀行のものを参考にできないかと、わたしがおせっかいで考えたのです。まつばグループがバックにいて、都銀第三位の上位行なら危機管理もしっかりしているはずでしょう」

ようやく関根はうなずいた。

「はあ、そういうことですか。確かにあるんですが、あれは行外秘ですから……」

小塚老人はねばらなかった。あっさりという。

「残念です。なんとかなると友人にはいったんですが。まあ、ちょっと考えておいてください。別に急ぐものでもありませんし」

¥

関根が分厚いカバンをさげて背を丸め喫茶店をでていった。窓のしたを都電がのんびりと走っていく。残暑の空は灰をまぶしたように青く、にぎやかに貧しい町のうえに広がっている。小塚老人にいった。

「だいたいおれにもわかりました。取りつけ騒ぎを起こして、一気にまつば銀行の株価を沈めようという腹なんですね」

ジジイは悪びれずにいう。

「まあ、そんなところだ」

取りつけ騒動の有効性をしばらく考えた。かつての恐慌時とは違い現在はいくらでも予備の資金が用意されている。それもまつば銀行だけでなく、いざというときには日銀の大金庫に分厚い緊急ストックがあった。

「だけど問題があるんじゃありませんか。全店ならともかく、たったひとつの支店だけで取りつけを起こしたってたかがしれている。マーケットへの影響などほとんどないはずです。それに銀行を揺さぶるのは今や預金者じゃありません。拓銀が破綻したのも金融機関同士で融通する短期の金融市場で信用を失ったせいです。取りつけなんて古い手はもううまくワークしないでしょう」

小塚老人はじっとおれを見つめた。黒いガラス玉をはめこんだ目にはどんな感情も映っていない。

「きみのいうとおりだ。だが、そちらのほうも別に手は用意してある。確かにまつば銀行は巨大な相手だ。しかし忘れてはいけない。あれは根っこの腐った大木だ。どれだけ揺さぶれるかやってみようではないか」

小塚老人は伝票をもって立ちあがった。背中でおれにいう。

「帰ったら、つぎのミーティングだ。来客がある。今月は休みなどないと覚悟しておくといい」

グラスの底で色を薄くしたアイスコーヒーをのみほして、おれは小塚老人に続いた。

¥

その日の夕方、町屋の屋敷を訪れたのは辰美《たつみ》周二《しゅうじ》だった。玄関を開けてやると横浜の暴力団組長は「ようっ」と顔なじみのような挨拶をした。辰美を連れてディーリングルームに戻った。ソファセットの中央にはレンガのように分厚い紙包みがおいてある。辰美は目の端でちらりと包みを見ると、あとは無視していた。小塚老人がいった。

「ご足労ありがとう。辰美さんにおりいってお願いしたい件があります」

辰美は座ったままで軽く頭をさげた。

「はあ、なんなりと」

小塚老人はおもしろくもおかしくもなさそうにいった。

「二百人ばかり人を集めてもらいたい」

おれが驚いていると辰美は平然という。

「どんな人間で」

「軽犯罪程度なら気にしない身元の定かでない者。ただし、銀行の窓口に立てるくらいの身なりはしていなければならない。そうそう、身分証明書も必要だ」

辰美はその日初めてにやりと笑った。

「そいつはおもしろい。で、どんな手はずで動けばいいんです?」

¥

小塚老人と辰美の打ちあわせは、それから二時間続いた。ジジイの計画はこうだ。口いれ稼業に慣れた辰美に住所不定のホームレスを集めさせる。人数は多ければ多いほどいい。簡易宿泊施設（辰美はただドヤと呼んでいた）を借りあげ、ホームレスを風呂《ふろ》にいれ、古着を身につけさせる。あとはドヤとまつば銀行町屋駅前支店をピストン輸送するだけだ。男たちに三文判と金を渡し、通帳をつくらせるのだ。もちろん男たちは辰美の配下に見張られているから、清潔な衣服と通帳だけもって逃げることはできない。再び街宣車に戻った男たちから、印鑑と通帳を取りあげ、きたるべき勝負のときまで待機させる。二百人のホームレスは取りつけ騒動を演出するための大切なサクラだ。

あきれてきいていたおれに、話を終えたジジイがいった。声はいつもの皮肉な調子ではなく、真剣だった。

「きみはどうするかね。わたしたちの計画はこれまでとは違い明らかに犯罪性がある。就職浪人中のきみの履歴に汚点が残る可能性もある。それでもわたしたちの『ディール』につきあうつもりかね」

おれの意志を最後に確認したいようだった。うまいものだ。ちゃんと辰美を同席させて圧力と保険をかけている。おれが逃げるというなら、辰美の存在はいい口封じになるだろう。おれはジジイにいった。

「おれたちの取り引きは確かに犯罪を構成する可能性がある。それはわかりました。それじゃ、大手都銀の変額保険はどうだったんですか」

小塚老人は鋭い目をして笑った。

「あれは合法だ。自殺者がいくらでてもな」

おれの声は低くかすれていた。自分でもわからないうちに熱がこもってしまう。

「そんな法律になんの意味があるんです。やめろといわれても、おれは最後までやりますよ」

おれを見ていた辰美がいった。

「じゃあ決まりだ。あんた、まえにもいったと思うが、この件が片づいたらおれのところで腕を磨いてみないか。就職浪人だかなんだか知らねえが、会社員にするには惜しいタマだ」

¥

辰美との打ちあわせを終えて、おれは屋敷から町屋の裏通りにでた。あたりは暗くなり始めていた。内ポケットで勢いよく携帯電話が唸《うな》りをあげる。耳元で知らない女の声がした。

「白戸さんでしょうか。まつば銀行広報部の保坂と申します」

葬式にきていた女だ。おれはジジイがいった本店情報という言葉を反射的に思いだした。

「覚えています。あのあとは大丈夫でしたか」

「ええ、なんとか。お礼かたがた被害者の会の様子などをうかがいたいのですが、近いうちにお時間をいただけますでしょうか」

さっそくエサにくいついてきた。おれは無邪気さを装う。

「それならこれから夕食でもごいっしょしませんか。週末はおいそがしいでしょうし、明るいところでする話でもありませんから」

広報部の女は一瞬ためらってからいった。

「……わかりました」

目的がはっきりしていれば女に近づくのはたやすい。

¥

まつば銀行の本店は大手町にある。おれたちが待ちあわせたのは、有楽町マリオンのからくり時計のしただった。誰にでもわかる場所ということでおれが選んだのだが、そこは恋人たちの定番の待ちあわせ場所で、嫌でも浮きうきとした気分はターゲットに伝染するはずだった。

約束の五分まえ、おれはめかしこんで人待ち顔の女たちのなかに立った。周囲からは頭ひとつ抜けている。ベージュのコットンスーツ、同系色で一段沈んだ艶《つや》のあるシルクタイ、クリームがかったシャツ。靴とベルトはカフェオレ色であわせている。たいして育ちなどよくないのだが、馬子にも衣装とはよくいったもので、小塚老人仕込みの格好をするとおれでさえどこかの御曹司に見えた。もしかするとジゴロの才能があるのかもしれない。

頭上では文字盤が開いて、なかからでてきた人形がちいさなハンマーで七時のチャイムを鳴らしていた。保坂遥の姿が地下鉄銀座駅の方角からあらわれる。おれは笑って、おおきく手を振った。あたりの女たちの視線がおれと三十すぎの女銀行員を不服そうに往復した。

「お待たせしました」

似たようなスーツをいくつもっているのだろうか。保坂遥は女教師の着るような紺のタイトスカート姿だった。手にはヨックモックの菓子折りをさげている。

おれたちは夏の名残りの暑さの話などをしながら、数寄屋橋デパートのなかにあるイタリアンレストランにいった。

¥

東京の男たちはみなどこかにいってしまったようだった。おれたちを囲むテーブルはすべて銀座や丸の内のＯＬで埋まっていた。その店は室内のあちこちで白い帆布のパラソルが開いていた。保坂遥は照明をやわらかにさえぎる傘のした、背をまっすぐに伸ばしたままメニューに視線を落としている。鼻筋は細くとおり、眉《まゆ》は下品なほどの薄さではなく形のいい弓形を描いていた。目はおおきくないけれど、つぶらでやわらかな印象がある。実際に善良なのか、他人によい人間であると思われたいだけなのかよくわからない、若い女によくある表情だった。

「この店はイタリアから輸入した石窯《いしがま》で焼くピザが名物です。新聞紙くらいの厚さでぱりぱりに香ばしいんですよ。お嫌いなものがなければ、ぼくが適当に頼んでいいですか」

彼女は目をあげてうなずく。頰《ほお》が上気しているようだった。

「のみものだけ選んでください」

保坂遥はアイスティを注文した。おれも同じものを頼む。どうやら初対面に近い相手と最初からアルコールをのむようなタイプではないらしい。結構古風なのだ。案の定最初の三十分は変額保険をめぐる堅い話になった。

¥

保坂遥の声は控えめだが、いつもどこか焦っている調子があった。これは公式見解ではないのだがとまえおきしていう。

「あの保険に関してはまつば銀行でもさまざまな論議があります。ただ現在の経済状況下では銀行も追いつめられています。自己資本比率の制限がありますから、関係者にはお気の毒ですが貸出金を早期に回収する必要があるんです」

国際業務を展開する大手銀行なら八パーセント。債権が年を追って不良化し、喫水線がじりじりあがっていく状態では、ない袖《そで》は振れないということなのだろう。おれは切り口を変えてみた。

「あの保険はもう十年近くまえの契約だから、保坂さんは直接老人たちに売っていないですよね」

ほっとしたように彼女はいった。

「ええ。あの当時先輩たちは本部の命令でしか動けなかったそうです。その点は今でもあまり変わりませんけど、バブルのころノルマは毎月倍々の勢いで伸びていき、数字を達成するだけで余計なことを考えている余裕はなかった。日本中が浮かれてお祭り騒ぎだったから、誰もおかしいと思わなかったといいます。当然銀行も生保も加入者も、相場は上昇を続け、すべての関係者に利益をもたらすと信じていました」

「でも実際には巨大な損失が発生してしまった。保坂さんは自分が売ったわけでもない保険のトラブルで、各地で頭をさげてまわっているんですか」

彼女は背を伸ばしきっぱりといった。

「それが仕事ですから……」

いったん言葉を切って、自嘲《じちょう》の笑いを見せる。

「……それでも町屋のように被害者の会がよく組織されていて、抗議活動が激しいところはたいへん。スカートには穴が開いちゃうし、花輪はぼろぼろになるし」

通夜の夜の灰かぶり姫を思いだした。おれがくすりと笑うと、保坂遥もくつろいだようだった。テーブルにのりだしていう。

「わたしはこの件では不思議なことがあるの。被害者の会の集会にも秘かに顔をだすことがあるんだけど、老人のほとんどは百パーセント銀行が悪いという。契約した時点では運用益に期待していたはずなのに、誰もそのことは口にしない。長い人生を生きてきて、どんなことにも代償はつきものだと学ばなかったのかしら。ここはオフレコでお願いしたいけれど、わたしは銀行にも生保にも実は責任があると思っている。でもあの老人たちは無邪気にだまされたと騒ぐだけで、自分たちにはなんの責任もないという。それはほんとうなのかな。白戸さんはどう思う」

確かに単純な善玉悪玉のゲームではないようだった。おれはしばらく考えてからいった。

「いい年をして欲をかいた償いとか、いい夢を見せてもらった報いだというなら、確かにあの人たちにも責任はあるでしょう。でも、老人たちは自分のために変額保険にはいったわけではありませんよ。あの保険の根っこにある考えかたは、自分が死んだときの一時金で相続税を払い、子どもたちに財産を残してやろうという自己犠牲や利他主義の精神です。それは大切な気もちじゃありませんか。人の心の一番やわらかな部分に誘いをかけて、自分たちの利益だけ極大化しようとする。日本の経済を動かす大銀行だって、反省する必要があるはずです。あれは汚い仕事だった」

「そうね。そうかもしれない」

保坂遥の声が細くなった。ここでいいすぎては必要以上に彼女を追いつめることになるだろう。だが、おれの言葉はとまらなかった。

「それに預金口座を差し押さえられて、住むところまで競売にかけられたら、あの人たちはすべてを失います。老人に野垂れ死ねというようなものです。銀行だって全額回収できないから損をかぶるというけれど、それで破綻するわけではないし、行員の給料がストップすることもないでしょう。あの人たちには公的資金の安全ネットは用意されていませんよ」

テーブルを見ていた彼女が顔をあげた。諦《あきら》めたようにさばさばという。

「問題はやはり銀行にある。それは確かね。それにもうひとつの問題はわたしにある。自分でも誇りをもてない仕事をして、好きでもない銀行にぶらさがっているんだから。ねえ、白戸さん、ワインを頼んでいいかしら」

それでおれたちはその夜一本目のワインを開けることになった。それほど高価ではないブルゴーニュの赤。摘みたてのブーケのような軽く爽やかな香りにおれたちは酔った。結局酒の味を決めるのは値段ではなく、誰といっしょにのむかなのだ。

¥

自由な討論は続いた。もう保坂遥は銀行員の立場を取らなかった。おれたちがだした結論はこうだ。変額保険の問題は、万人に平等どころか実際は弱肉強食で、形だけ欧米の契約第一主義を取る法廷にまかせておくことはできない。なんにでも行政の力を借りるのはおれは嫌いだが、大手都市銀行と各地に砂のように散らばる被害者の力関係を考えると、より強力な第三の裁定者の存在が欠かせなかった。

現在おこなわれているように一方的に債権回収に走るのではなく、銀行・生保・加入者のあいだで損失を分かちあう道をさぐらなければならない。老人たちの窮状が広く知られれば、銀行被害者の最低限の生活を支えるために税金を投入しても、それほど反対されないのではないかとおれは思う。誰も叫び声などあげないが、なにしろ全国に百万の単位で変額保険の加入者はいるんだから。

意見が一致したのを記念して、ボトルの底に残ったワインでおれたちは乾杯した。保坂遥はほんのりと顔を赤くしていった。

「実はわたし、ワインが好きなんだ。つぎはフルボディのボルドーでいい」

¥

濃厚なタンニンの渋い口あたり（これは彼女の受け売りだ、おれはワインなどなんでもおいしくのむだけ）でグラスを口に運ぶペースがゆったりすると、おれたちはすこしずつ互いのプライベート情報を交換するようになった。

「さっき電話で週末はいそがしいだろうといっていたでしょう」

保坂遥が独身であることは雰囲気でわかっていた。ステディな相手がいるのかどうか、電話でかまをかけていたのだ。酔いも手伝っておれの科白にも無駄球がなくなった。

「ええ、保坂さんは大人の女性というか、魅力的だから。たぶん素敵なお相手がいるんだろうと思って」

ワインで染まった顔をさらに赤くして彼女はいった。

「わたしは白戸さんより十歳近く年上。もうオバサンです」

自分では絶対にそう思っていない響きだった。おれは真顔でいった。

「そういういいかたはやめてください。もうのみ始めてから二時間近くになる。保坂さんは一度も『うちの銀行』といういいかたをしなかった。自分自身と会社ときちんと分けて考えられる人なら、横並びで三十歳を超えたらオバサンだなんて決めつける必要がないのはわかっているでしょう。すぐに年齢で人を判断するのは女性の悪い癖です。なんというか、保坂さんにはぼくの同世代の女の子よりずっと落ち着いた魅力があります」

「ありがとう。でも、白戸さんの彼女が今の言葉をきいたらきっと怒るんじゃないかな」

おれは大学の同級生を思いだした。ミチルはまだ商社できちんと働いているはずだった。最後に電話で話したのがどの季節だったのかさえわからなくなっている。

「別れて四カ月になります。ぼくだって相手なんかいません」

その四カ月間マーケットに夢中で恋愛に割く時間などなかったことは黙っていた。おれは目のまえで困ったような顔をしている保坂遥を見つめた。自然に照れたような演技をしている自分自身に驚きながらいった。

「今回の件とは別にときどき保坂さんに電話してもいいですか。またこうして食事ができたらきっと楽しいだろうなと思うんですけど」

半分は本心だった。自分がたっぷりともっているものを人はあまり重要だとは思わないものだ。おれは若く、相手の若さなど問題ではなかった。逆に彼女の目尻《めじり》のしわやちょっと乾燥した肌が未知の魅力に思えた。ふっきれたように保坂遥はいった。

「そうね。いいかもしれない」

おれたちは携帯電話にお互いの番号をメモリーさせた。

¥

月曜日の朝、おれはいつもより数時間早く、小塚老人の屋敷にいった。ショルダーバッグのなかには週末のあいだ十数軒の文房具屋をはしごして買い集めた二百本の三文判が魚の卵のようにぎっしりと詰まっている。まえの通りにはすでに辰美のところの街宣車がとまっていた。窓の外に金網のついた灰色の艶消し塗装のマイクロバスだ。横腹にはくどいぐらいの筆文字で「大日本立志青雲会」と書かれている。玄関先で立ち話をしているジジイと辰美に挨拶した。

「おはようございます」

ジジイは上機嫌のようだった。

「今日はよろしく頼む。夕方に報告がてら、顔をだしなさい」

辰美はおれの肩をかなり強くたたいた。

「さあいこうぜ。先方はおれたちを待っているはずだ」

それでおれは生まれて初めて右翼兼暴力団の街宣車にのりこむことになった。東京ディズニーランドのスペースマウンテンなんかよりぐっとスリリングだ。車内は通路をはさんでふたり掛けのシートが六列並んでいた。中央の乗降口に近いところにいつか見た顔の特攻服のガキが四人座っている。全員の視線が痛いくらいに集中した。辰美はおれを紹介などしてくれなかった。運転席の横のバスガイドでも座るような特等席に腰を落ち着けると、辰美は年かさの特攻服にいった。

「やってくれ」

街宣車はゆっくりとラッシュアワーの始まるまえの尾竹橋通りを走りだした。まだ眠っている下町のうえに広がる九月の空を、おれは金網越しに見あげた。透きとおるように澄んだ果てしない青。午後にはきっと真夏のような暑さになるだろう。

¥

　無言の二十分がすぎて街宣車がとまったのは、上野の国立博物館まえだった。辰美はうしろを振りむいておれにいった。

「あんた、これをもっていっしょにきてくれ」

　一升瓶の首を二本ひもでくくったものをふたつ渡される。辰美も同じものをもって街宣車をおりた。早朝の上野公園は静かなものだった。ときおり犬の散歩やジョギングで人がすぎるだけ。鳥の鳴き声がうるさいくらいだ。目につくのは水のみ場のまわりにできたホームレスの列くらいだった。上半身裸で身体を洗ったり、白いポリタンクに水をためていたり、なかにはなぜか顔中血まみれでひげを剃《そ》っているやつがいた。鼻唄《はなうた》を歌いながら。

　おれがあきれて見ていると、辰美はさっさと噴水脇《わき》の遊歩道を歩いていく。段差を越えて植えこみにはいった。緑の色濃い木影には鮮やかなブルーの建築用ビニールシートがあちこちで目についた。ちょっとした集落といえそうなくらいの密度で、テントが並んでいる。壁が段ボールで屋根がシート。柱はその辺に落ちている木の棒や枝を地面に刺しただけ。もち運び可能な究極の簡易住宅だ。

　辰美は慣れた様子でテント村の広場に足をすすめていく。幹の直径が二メートルくらいはありそうなスダジイ（おれは植物に詳しくないのだが、公園の木にはみな白いプレートがさがっていた）に荷掛け用のロープを結んだ、ひときわおおきなビニールシートハウスがあった。室内の広さは十二畳くらいあるのではないだろうか。辰美が声をかけた。

「元締、おはようございます」

垂れさがったシートを割って、年齢のわからない老人があらわれた。意外に清潔そうな生成《きな》りのジンベエを着ている。うしろにはミズノのジャージ姿の相撲取りのような巨漢が続いた。おれたちは広場の中央に敷かれたシートのうえに腰をおろした。辰美が靴を脱いだので、おれも靴を脱ぎ正座した。ホームレスの元締とおれたちのあいだには一升瓶が八本並んでいる。老人はジンベエのポケットから携帯電話を取りだし、ひざの横においた。

「昨日の電話でだいたいのところはわかった。辰美さんの雇い主は、身元不詳の人間が二百人必要だそうだな。上野のお山だけでなく、浅草と錦糸町にも声をかけておいた。うちの者を使いきったら、いつでも呼びだせるてはずになっている。半金をもらっておこうか」

おれはショルダーバッグから小塚老人に渡された封筒を出し、一升瓶の横においた。ミズノが取りあげると、封筒は急に名刺のおおきさにサイズダウンする。元締は渡された封筒の中身をちらりと見るとふところにしまった。

「いつから始めるのかな。大噴水裏の広場に人は集めておいたが」

辰美は軽く頭をさげた。

「ありがとうございます。第一便で今日の午後から始めます。一日で二百人の通帳をつくるわけにもいきませんから、ぼちぼちやらせてもらいます」

そういうと辰美は頭をかいて照れたような顔を見せた。老人は満足そうにうなずく。この右翼代表には妙なところで人を惹《ひ》きつける力がある。おれは黙って正座したまま、辰美の笑顔の威力に感心していた。

¥

帰りは手ぶらでテント村を離れた。辰美は携帯で街宣車に残った特攻服に指示をだす。緑のあいだから国立博物館のレンガ造りの正門が見えた。噴水裏の広場にはすでに五、六十人のホームレスが立ちつくし、おれたちを待っていた。貨車に積みこむまえの羊のように静かな集団だった。

辰美とおれは木影のベンチに座った。特攻服のガキが集団から何人か引き抜いては、ベンチのまえに立たせる。それを何度も繰り返した。まともな応対ができて、年齢や体型がうまくばらけるように、おれたちはサクラを選んでいった。その日の分の二十人の選別が終わるころ、集団のなかからひどくやせた男がひとり転げでてきた。年齢は三十代後半くらい。着たまま寝ているスタジアムジャンパーの袖は、泥と垢《あか》で漆《うるし》を塗り重ねたように光っている。

「すいません。あの、わたしを使ってもらえませんか」

おれは選別者の名前を記録していたノートから目をあげて男を見た。歯がすべて抜けているのか、げっそりと頰がくぼんでいる。泥水のように澱《よど》んだ目のまわりは、肌がかさかさに乾燥していた。辰美はちらりと男に目をやるといった。

「おまえはだめだ」

「金になるなら、ぜひ使ってください。なんでもしますから」

男の声は骨だけの身体と同じように細い。辰美があごを横に振ると、ベンチの両脇に控えていた特攻服がふたり、男の腕をつかんで運んでいった。植えこみに突き倒して帰ってくる。がりがりにやせたホームレスは、捨てられた毛布のように倒れたままだった。泣き声も立ちあがる様子もない。辰美はベンチを立つと尻をはたいた。

「いこう。あんなやつはいたぶる価値もねえ」

¥

二十人のホームレスを詰めこんだ街宣車は町屋に戻るルートを引き返した。車内はひどい臭《にお》いだった。三十分もかがされたら、自分の生きかたを悔い改めたくなるくらいの強烈さ。おれは座席の横の窓を全開にした。

辰美は特等席から振りむいて、最後列まで響く声を張りあげた。

「おまえら臭くて、たまんねえな。あとできちんと風呂にはいるんだぞ」

それからおかしそうにおれを見ていった。

「あんた、さっきの男をどう思った？」

おれは窓から吹きこむ風に顔をむけていた。

「別に、なんとも」

「そうか。それなら、おれがいいことをひとつ教えてやろう。さっきの男は人間なんかじゃねえ。あれはただの骨さ」

¥

おれには意味がわからなかった。辰美は皮肉に唇を歪《ゆが》めていう。

「最近はあんなのがどこの公園でもごろごろしてる。不景気もどん詰まりだな。あれは人間をやめて、生きる気力をなくしたただの骨だ」

おれの不可解な表情が愉快なようだった。辰美は背もたれからのりだしてきた。第二ボタンまで開いたシャツの首にプロ野球の選手がするような分厚い金のネックレスが揺れている。

「ああいうやつはだいたい返すあてのない借金を背負ってる。あんたやおれなんかからするとたいした金額じゃないんだがな。それでもやつにはとんでもない大金だ。ホームレスでは定職につくのは難しいし、ひとりぼっちで他に金を借りる相手もいない。それで最低の金貸しから借金しちまう。ほんの数万の金だ」

「高利貸しから数万円借りる。それで、なぜ人間をやめて骨になるんです」

辰美の唇はさらにつりあがった。おかしくてたまらないらしい。

「骨で借金を返すからさ。月に二度ばかり、やつらは血を売りにいく。もちろん取り立て屋もいっしょだ。血を売って得た二、三千円の金は右から左に召しあげられて、やつらには菓子パンひとつと牛乳が代わりに渡されておしまいだ。現金収入はそれだけなんだが。なあ、あんたは大学でてるんだから知ってるだろう。血をつくるのは骨だよな」

そうだといった。造血作用を受けもつのは骨の芯《しん》にある骨髄だ。

「そうやって血を売っても、借金はぜんぜん減らない。血をつくる骨の力より、利息のほうが強いからな。短いやつなら半年、どんなに頑丈でも二年とはもたないそうだ。それをわかって骨は目先の金を借りるし、貸すほうも死んじまうのを知っていて利息を取りあげる。月に数千円ぽっちのはした金だ。命のつぎに金が大事なんていうが、あれは間違いだ。

やつらにゃ金のほうが命より大事なのさ」

「それじゃ……」

辰美は真顔でいった。

「さっきの男が生きてこの冬を越えることはないだろう。だからやつはただの骨なのさ。おれがひとついいことを教えてやる。あんたや小塚さんがコンピュータのなかでかちゃかちゃと指一本で動かすのも金なら、ああいう男が自分の骨を売ってつくるのも同じ金だ。金にはふたつの顔がある。あんたはよくマーケットというだろう。投資家が扱うガラスみたいにきれいな金と、マーケットの綴《つづ》りも知らねえボンクラが血と汗でこさえる金。どっちの金もまったく同じ値打ちをもっているんだ。そいつを忘れないほうがいい。もっともあんたの動かす金の手数料だけで、やつらの命がいくつ吹き飛ぶかわからんがな」

辰美は人形のように動かない後席のホームレスに目をやった。おれにはなにも返す言葉がなかった。黙って通りの風に顔をなぶられていると、辰美は淋《さび》しそうに笑った。

「だがな、もうおれたちの時代じゃないのかもしれん。これからはあんたみたいな秀才が世界中の金もちと競いあう世のなかなんだろう。時代が変わったんだ。金も変わっていくさ」

¥

簡易宿泊施設は京成線の高架下にあった。玄関先がすこし広いくらいで、普通の木造の古い民家に見える。軒先には古着を積んだヴァンがとまっていた。街宣車からおりた男たちは特攻服に先導されて、ドヤのなかにはいっていった。

おれは街宣車のシートで一時間ほど待った。小塚老人は今ごろディーリングルームでまつば銀行株の仕込みに余念がないだろう。おれは手の離せないジジイの代わりに辰美の陽動作戦を監視する役なのだ。最初のホームレスが通路をへだてた席に腰をおろしたのは午前十時すぎだった。四十代後半のよく日焼けした男で、実直そうな黒めがちの目をしている。コットンパンツとご用ききが着るような黒いビニールのジャンパーがよく似あっていた。

おれは男に二万円いりの封筒を渡した。やつはいれ違いにまだ新しい運転免許証を差しだす。

「松永さんか。このうちの一万でまつば銀行に新しい口座を開いてくれ。残りは今日の分の報酬だ。印鑑はここにある」

おれはショルダーバッグから一本抜き、印を確認してから渡してやった。手元のノートに名前を記録した。ありふれた名前で助かった。もっとも辰美のほうでそういう人間ばかり選んでいたのだが。

「あとはまたここに戻ってきて、通帳と印鑑を戻してくれ。預金した金はつぎに解約するときにあんたの取り分になる。誰にも口外はしないこと」

男は黙ってうなずくだけだった。手ごたえがまるでない。そのとき辰美が窓から顔をのぞかせた。

「心配しなくても大丈夫だ。そいつは誰にもなにもいわん。おかしなことをして元締を裏切れば、二度と上野のお山に帰れなくなる。ほかにいくところなんてねえんだ。そいつらはうちのやつらより口は固い」

男は黙ったままじっとおれを見ていた。いつまでたっても動かない。指示を待っているのだ。ようやく気づいておれはいった。

「さあ、いってくれ」

男は背を丸め、街宣車をおりた。通りから通行人がひとり消えたようだった。幻のような存在感のなさ。男は特攻服のガキにつきそわれ、まつば銀行にむかう路地に消えた。いれ替わりに見違えるように立派になった五十すぎのホームレスが街宣車にのりこんできた。恰幅《かっぷく》のいい身体にペンシルストライプのスーツとレジメンタルタイ。くるぶしまであるスエードのデザートブーツを履いている。おれがあきれて見ていると、重役風の男はにっこりと笑顔を返してきた。ため息をついておれはつぎの免許証を受けとった。

¥

銀行の窓口が閉まる午後三時には、こうして二十人分の通帳と印鑑がおれの手元に残った。幅広の輪ゴムで束ねて、ショルダーバッグに押しこむ。おれは新聞をたたんで、街宣車をおりた。辰美に挨拶すると、また明後日といわれた。初日ですでにうんざりしていたが、サクラの仕込みには二週間もかかるのだった。

ぶらぶらと小塚老人の屋敷にむかって歩きながら、新聞の内容を分析した。経済企画庁の発表では九八年の四―六月期のGDPは年率三・三パーセントのマイナス成長を記録したそうだ。３四半期連続の減少は戦後初だという。相場のほうも大荒れの展開だった。月曜日に七百円上げて、金曜日に七百円下げる。平均株価が一万四千円くらいだから、五パーセントずつ乱高下したことになる。秋の日本経済はまったく先が見えない乱気流に突入しているようだった。

ディーリングルームで一日の報告をしてから、おれは辰美にきいた骨の話をした。ジジイはまったく無感動にきき終えるとぼそりといった。

「わたしは四十年金貸しをやっている。金にからんだ悲惨な話なら、ほかにいくらでも知っている。ふたつ、みっつききたいかね」

おれは首を横に振った。前途ある二十代の青年（おれのことだ）には必要のない話だった。だいたい悲惨な話なんて、おれは好きでもない。

「それでいい。わたしからもひとつ忠告をやろう。人は自分が仕事で扱っているものが、なによりも重要だとよく勘違いするものだ。わたしたちは金や株や債券を扱っている。だが、それは八百屋がダイコンを、魚屋がサバを売るのとひとつも変わらない。商売ものにおかしな思いいれなどもたぬほうがいい。商売で大切なことがなにか、きみもわかっているだろう」

ジジイはどうやらおれを元気づけたいようだった。めずらしいことがあるものだ。

「仕入れた値段より高く売ること」

小塚老人の目にかすかだが愉快そうな表情がのぞいた。

「そのとおり。余計なことは考えなくていい。明後日もよろしく頼む」

¥

ディーリングルームの小型モニタでは、どこのチャンネルにまわしても中田英寿のセリエA公式戦初登場を速報していた。こちらの結果を忘れたやつはいないだろう。優勝候補のユヴェントス相手に衝撃の二得点デビューだ。おれがいい気分で帰り支度をしているとインターホンが鳴った。

「あの、突然で申しわけありませんが、お邪魔してよろしいでしょうか……」

長い一日の締めにきくには憂鬱《ゆううつ》な関根の声だった。しかたない。玄関にいき鍵《かぎ》をはずしてやった。開いたドアのむこうで、関根は目をぎらつかせて立っていた。おれは唇の両端に白い化学調味料がこびりついているのに気づき言葉を失った。営業成績不振の得意先係は支店長命令で今日も丼に山盛りいっぱいの調味料をくわされたのだろう。

奥の部屋にあがった関根は新しい貯蓄預金スイングサービスの説明を始めた。小塚老人の目もおれの目も見ずに、でたらめな早口でいった。

「毎月お届けの内容で普通口座から貯蓄預金に——これ、順スイングというんですが——自動振替するサービスなんです。もちろん逆スイングも可能です」

なぜ関根がいきなりそんなことをいいだすのかわからなかった。ジジイもおれもまつば銀行と長くつきあうつもりなどなかったからだ。関根だってそれはよく知っているはずだった。銀行株は小塚老人の投資案件のひとつにすぎない。手短に説明を終えると、汗をぬぐって関根はいった。

「今日はつくづく銀行の仕事が嫌になりました。直属の上司がミスをわたしのせいにしたおかげで、例のものを丼に二杯もたべるはめになったんです」

すがりつくような目で小塚老人を見た。

「スイングサービスの資料はここにおいておきますので、お時間のあるときにぜひご検討ください。それではこれで失礼いたします」

口の端に化学調味料をつけたまま、わずかに関根は笑って見せた。分厚い人工皮革のカバンをもってさっさと帰ってしまう。おれは玄関まで送らなかった。

¥

ドアの閉まる音がすると小塚老人はテーブルに残されたまつば銀行の封筒を手に取った。なかからスイングサービスや貸金庫のパンフレットに混ざって、クリップでとめられたA4のコピー用紙が出てきた。緊急時対応マニュアルD。タイトルの右上には行外秘のスタンプが押されている。

「よい銀行員でいるのももたいへんだな」

ジジイの声にも寂《さ》びた響きがあった。席を立って壁際のラックに移動する。アナログ盤を一枚選びだすと、プレーヤーのうえにのせた。そっと指先でダイヤモンド針をLPレコードに落とす。壁に四角く口を開いたコンクリートホーンから五十年まえの管弦楽があふれだした。気分がいいときにかけるワーグナーの序曲集だ。

おれは四枚の紙をテーブルに並べた。席に戻ったジジイといっしょに頭を突きだして、ぱらぱらとスペースをあけて打たれたマニュアルを読んでいった。

細かな行内手続きをはぶくと取りつけ騒動への対応は、ただひとつの方向に絞られるようだった。不良債権や不正融資への対応とまったく同じなのだ。あきれてしまう。ともかくトラブルを隠しきって外に漏らさないようにすること。どんな危機が起きても、平然と日常業務を遂行する振りを続けるのが大事なのだ。

具体的には、絶対にシャッターを閉めるな、銀行の外に客を並ばせるなとあった。金は本部からいくらでも輸送する。地域住民にパニックを起こさせず、粛々とトラブルを処理すべし。取りつけ騒ぎで押しかけた群衆をさばくために、どこの支店でも予備スペースへの客の誘導が義務づけられていた。

「アンティークのロレックスくらいなら安いものだったな。これを見なさい」

関根の上司への復讐《ふくしゅう》心は、銀行員らしく懇切丁寧だった。地下にある会議室とそこにおりるまでの通路が、コピー用紙の端にスケッチしてある。会議室の広さは約三十五平方メートルだそうだ。小塚老人がいつになく興奮していった。

「町屋駅前支店一階の受付ロビーの広さはきみも知っているな。あそこならどのくらいの人数を押しこめると思うかね」

カウンターの長さは十メートルほどで、ロビーには三人掛けのソファが八脚奥をむいて並んでいた。はいって右手にはキャッシュディスペンサーのコーナーが仕切られ、四台の機械が据えつけられていたはずだ。おれは店内配置を思い浮かべながらいった。

「ざっと、六、七十人くらいのものじゃないでしょうか」

小塚老人は満足そうにうなずいた。

「まあ、そんなものだろう。地下会議室は四、五十人で満杯になるだろう。階段と踊り場に三十人として、合計百五十人も取りつけ客が押しかければ、表の自動ドアを越えて人が通りにあふれだすことになる」

おれは昼間仕込んだサクラを思いだしていた。あちらは全部で二百人になる計画のはずだ。

「それじゃ、おれたちの仕掛けは一回だけ。それに時間もほんの数十分で終わってしまいますね。キャッシュディスペンサーや窓口ではどんどん客をさばいていくんだから」

小塚老人は黒いガラス玉の目にねばるような光りをためている。

「そう簡単にはいかせない。今度のディールにはホームレスのサクラだけでなく、被害者の会も、尾竹橋通り商店街の有志も協力してくれる。自殺した老女の親戚は総動員で、まつばに押しかけるそうだ。すくなく見積もってもサクラの倍の人数は動員できるだろう。もちろん、町の噂《うわさ》につられてやってくる一般客は計算外の話だ。わかるかな」

おれはこんなに溌剌《はつらつ》とした小塚老人を見たのは初めてだった。魔術師は両腕を高くあげ、ディーリングルームの薄闇《うすやみ》をつかみ拳《こぶし》を強くにぎった。乾いた頰に血の色が濃くさしている。新しい曲が始まった。歌劇『ローエングリン』の第三幕への前奏曲だった。歓喜のライトモチーフにあわせて小塚老人はいった。

「わたしたちの目標は、まつば銀行町屋駅前支店に徹底的に追いこみをかけ、銀行への不安と憎しみを通りにあふれさせることだ。それを日本の隅々にまで思い知らせる。まつば銀行株には巨大なセリングクライマックスがやってくるだろう」

おれの背中はなにかわからないもので震えていた。戦いへの意志、期待と予感、それにたぶんちょっとばかりの恐怖。小塚老人は呪詛《じゅそ》のように繰り返した。

「まつばを沈める……きっとまつばを沈めてやる」

おれは拳をサマースーツのひざのうえで固くにぎり締めた。ワーグナーが流れる部屋では、ディスプレイのなか世界経済のヴァイタルサインを示す数字がきらきらと光りを放って変化するだけだった。

¥

小塚老人の屋敷を離れ、尾竹橋通りに戻ると日は沈んだばかりだった。下町の低い屋根のうえ、たたき延ばした銅の帯のような燃え残りが冷たく空に流れていた。もう銀行の業務時間も終わっているだろう。おれはどこかのノンバンクが管理する立体駐車場を横目に見ながら、携帯の短縮番号を押した。

「はい、保坂です」

まだオフィスにいるのかもしれない。すました声が返ってきた。

「ぼくです、白戸です。保坂さんは明日の予定は決まっていますか。できたらデートを申しこみたいんだけど」

十五日の火曜日は敬老の日で祝日だった。鉄と女は熱いうちに打て。

「予定はありません。ちょっと席をはずすので、お待ちください」

業務用の調子で保坂遥がいった。しばらくして別人の声が返ってくる。厳しい表情が花開くように崩れるのが目に浮かんだ。短い通話で約束の場所は渋谷ハチ公まえに決まった。あそこは人が多くて相手を見つけるだけでたいへんだといったが、彼女は譲らなかった。一度あの場所でデートの待ちあわせをしてみたかったのだという。おれよりずっと不幸な人生を送っていたのかもしれない。生まじめな女性行員がちょっとだけいじらしくなった。目印に花を一輪もって立っているといって、おれは通話を切った。

おれにとっても久々のデートの誘いだ。うれしかったのは、情報収集がうまく運びそうなせいだけではなかった。

¥

主要七カ国の蔵相・中央銀行総裁が緊急声明を発表した敬老の日、おれは昼すぎに渋谷ハチ公の横でセロファンにくるんだ黄色いバラをもって立っていた。周囲は合コンと大学のサークルの待ちあわせでごった返している。日本のどこが不景気なのかよくわからない風景だった。誰の手にも最新型の携帯電話がにぎられ、あちこちで着信を知らせる薄っぺらなメロディが流れていた。

ちなみに声明の内容は、デフレ回避のために持続的な内需拡大と金融の安定化を図り、主要国間で経済成長重視の政策協調をすすめるというものだ。毎度変わりばえしないお題目だが、それでも日本代表は必死だった。金融危機を名指しで声明にいれられるのが嫌で、三年ぶりの日銀による量的緩和と七兆円規模の減税を盛んにアピールしたのである。もっともアメリカで四つのヘッジファンドが潰《つぶ》れたと噂されるロシア危機と、その火の粉が飛んで大火になった南米危機のまえでは、日本の慢性的な金融危機などかわいいものだった。不良債権の額はとんでもなく巨大だが、すくなくともこの十年間不景気を海外に輸出することはなかったのだから。

保坂遥は黒ずくめの格好で、田園都市線の階段をのぼってきた。いつもの地味な黒のスーツかと思ったが、近くで見るとひざ丈のスカートが秋の日を撥《は》ねて凄《すご》みのある光沢を放っていた。気あいをいれて選んできたのだろう。クロコダイルの型押しレザーだった。首筋と左手の人差し指にはボリュームのある銀のアクセサリーをつけている。まつば銀行広報部の女は、かすかに頰を上気させておれのまえに立った。

「こんなところで待ちあわせするなんて、やっぱりわたしどうかしてたな。買いものがあるから、いきましょう」

あきれたようにそういうと、背中をむけて駅まえの交差点にむかい歩きだしてしまう。おれは花を渡すタイミングを失い、あわててあとを追った。

¥

保坂遥がはしごしたのは、西武百貨店のインテリア売り場と東急ハンズだった。植え替え用の素焼きの鉢となんに使うのかわからないインド綿の布、それに黒のハンドタオルと、バスタオルのセットを、しばらくためらってから選んだ。レジを済ませたあと、おれたちはハンズの最上階にあるカフェでひと休みした。斜めに切ったおおきな天窓から宇田川町のスカイラインと黄金色に熟れた秋の夕空が見えた。保坂遥はため息をついていった。

「三十歳をすぎるとだめね。なんだかすぐに疲れてしまう。久しぶりに渋谷にきて人あたりしちゃったみたい」

「いつもはどのあたりで買いものするんですか」

「わたしは二子玉川に住んでるんだけど、だいたいは歩いていける玉川髙島屋で用は済んでしまう。これからどうする、映画でも観る」

おれは首を横に振った。

「初めてのデートなのに正面をむいたまま二時間も黙ってるなんてもったいないですよ。まだ時間がすこし早いけど、軽くつまみながらのみませんか。保坂さんは銀行の仕事があるから、明るいうちにお酒をのむなんて贅沢《ぜいたく》めったにできないでしょう」

「そうね。それなら酔ったあとで帰るのも面倒だから、二子のわたしが知っているお店でいい。おごるよ」

彼女の部屋の近くでのむのは、こちらの望むところだった。おれはできるだけ爽やかな笑顔をつくった。駆け寄ってくる無垢《むく》な仔犬《こいぬ》のイメージだ。

「もちろん」

おれたちはカフェをでて、東急ハンズのまえからタクシーにのった。かなりの重さがある素焼きの鉢はおれがもった。黄色いバラはひざのうえの鉢のなかで、車が揺れるたびにかさかさと乾いたセロファンの音を立てた。

玉川通りをゆるやかにくだったタクシーは髙島屋角の信号でとまった。保坂遥は二棟に分かれたデパートを結ぶガラス張りの空中回廊を頭上にすぎて、狭い路地に曲がっていった。案内されたのは髙島屋裏の小造りな串揚《くしあ》げ割烹《かっぽう》だった。おれたちがその日の口あけのようで、開いたままの格子戸の脇に盛られた塩はさらりと乾いたまま、形を崩していなかった。店内はコの字型に白木のカウンターがあるだけだが、壁には日本各地の蔵元から取り寄せた吟醸酒のラベルが張りだされている。贅沢でも真新しいわけでもないが、掃除のいき届いた気もちのいい店だった。

彼女は奥のスツールにレザースカートを滑らせると、店の人間に声をかけた。

「いつものあれ、ある」

高校生のような坊主頭がしっかりとうなずき、威勢のいい返事をして奥に引っこんだ。自分の縄張りに戻ったせいか、保坂遥は渋谷にいたときよりくつろいだ様子だった。

「いつもこういう店でのんでるんですか」

「そう。ここはカウンターだけだから、女性ひとりでも遠慮しなくて済むし、料理もお酒もおいしいの」

　しばらくして小皿と曇りガラスの徳利にはいった冷酒が届いた。おれの杯に酒を注ぐと保坂遥は笑っていった。

「乾杯しましょう。お客さまのトラブル担当はつらい仕事だけど、白戸さんに会えるなんてラッキーなこともあったし」

　おれも笑顔で返した。

「そうですね。でも、被害者の会で顔をあわせたら、ぼくだって遠慮なんかしませんよ。そのときは仇同士《かたき》です」

　保坂遥はその日初めて軽口をたたいた。

「ふーん、こっちには優秀な弁護士がたくさんついているんですからね」

「しかもこちらの会のおばあちゃんより、保坂さんは断然素敵だし。ぼくの仕事もだんだんつらくなりそうです」

　ふたりで杯をあげて中身を干した。淡い果汁の香りが舌に残る、いくらでものめそうな口あたりの軽い日本酒だった。

「これたべてみて。なにもつけなくていいから」

　おれは薄く衣をまとった串揚げを口にいれた。おもては火傷《やけど》しそうに熱いが、嚙《か》みしめると芯から冷たい野菜のうまみがあふれだす。

「それ、からしを利かせて浅漬けにした小ナスを揚げたものなの。この店の名物で、日本酒によくあうんだ」

見栄えのいい表面の熱さと芯の塩辛い冷たさ。つぎの串を口に運びながら、この店の名物はまるでおれみたいだと思った。

¥

串揚げ屋をでてから、つぎの店にいった。その時点でおれたちはかなり酔っていたが、それでもお互いの身体に簡単に手をだせるほど酔っていたわけではなかった。今度の店は駅からかなり離れた場所にあるカウンターバーで、学生客のいない静かな店だった。地下一階にある店内は漆喰《しっくい》塗りで、天井と床の隅には青いライトが仕込んである。海の底でのんでいるような神秘的な雰囲気のバーだった。なぜのみ屋の人間はあんな演出ばかりうまいのだろうか。

おれたちはその店で過去の恋愛についての情報をいくつか交換しあった。誰かに話してみるとよくわかるのだが、終わってしまった恋のなんてありふれていることか。それでも彼女はときに涙ぐんだりする。いくら陳腐でも、痛いものは痛いのだ。もちろんおれは心から同情して、話をきいていた。女性の涙ほどいい酒の肴《さかな》はない。

地上に戻ったのは九時まえだったが、その時点で保坂遥とおれは四時間以上もふたりきりでのみ続けていた。こぎれいなマンションが並ぶ通りを、黄色いバラを振りまわしながら彼女は歩いていく。その日もストッキングにはシームがはいっていた。背の高い女性特有の伸びのあるふくらはぎがすんなりと目をひいた。素焼きの鉢をかかえたおれは黒いジャケットの背中に叫んだ。

「つぎはどうします」

保坂遥はむこうをむいたままいった。

「わたしの部屋にくる」

酔った振りはしていたが、慎重にこちらの様子を探った末の言葉のようだった。気を使うことなどないのにと思った。小塚老人仕込みのしゃれた格好はしているが、おれなどフリーターに毛のはえたようなもので、まともな仕事さえしていない。彼女とは別な世界の人間で、本来なら出会う可能性だってなかったはずだ。おれはアスファルトのうえにそっと鉢をおいた。背中をむけたままの彼女に追いつくと、初めて下の名前を呼んだ。

「遥さん……」

驚いたように振りむいた彼女をおれは強く抱きしめた。とがったあごをうえにむけさせ優しいキスをする。保坂遥の閉じたまつげと唇ははっきりと震えていた。近くで見ていたから、おれにはそれがよくわかった。

ちょっと心配だったけれど、久々のセックスは身体が覚えていた。保坂遥の部屋は１ＬＤＫで、リビングにおまけのようについている寝室はとても狭かった。彼女はその部屋にセミダブルのベッドと大小の観葉植物の鉢植えを二十ばかりおいていた。明かりを落とすと熱帯植物園のなかにマットレスだけ浮かんでいるようだった。

ベッドのなかで最初に驚いたのは、三十歳をすぎた女性行員の予想外の純情さだった。しかし、行為を始めると印象は一変する。保坂遥はひどく恥ずかしがるくせに、反応はでたらめに激しかった。数カ月まえに別れた中川充ちるとは対照的だ。ミチルはあっけらかんと裸をさらしたけれど、反応は淡いものだった。

まだ震えている彼女の横に寝そべり、おれは身体のあちこちにのぞく成熟した女性の印を確かめていった。張りをなくした代わりにやわらかさと重さを増した乳房。腰のうしろについた脂肪の厚さ。ふとももの内側の勢いのないなめらかさ。同世代の女の子とばかりつきあっていたおれには、どれも初めて間近にするものだった。ようやく話ができるほど、こちらの世界に帰ってくると保坂遥がいった。

「嫌ね。どうしてわたしの身体ばかり見てるの」

発声と同時に脂がのった腹がうねるように締まった。

「きれいだから」

「冗談はやめて。あなたがいつもつきあっている女の子たちとわたしは違う」

保坂遥はとがった胸の先までアッパーシーツを引きあげた。

「女の人がみんな違っていてよかった。この身体、ぼくはすごく好きです」

腹をぶつけるように彼女が飛びついてきて、ほとんど休みなく二度目が始まった。だが、それがその夜の最後ではなかった。

¥

翌日、おれは保坂遥のマンションからまっすぐ町屋に出勤した。天気は快晴で、早朝からサクラの仕込みが始まった。辰美といっしょに上野公園でつぎのホームレス二十人を選別し、新しい銀行口座を開かせる。まつば銀行サイドでは急に新規の口座開設者が増え始め、おかしな感じはしていることだろう。だが、自分の金をもって窓口にいき新しい口座を開くだけでは問題の起こりようがない。銀行には当然断ることはできなかった。

この計画の裏が判明して衝撃を受けるのは、取りつけ騒動の当日になってからだろうが、そのときにはすべて手遅れなのだった。もちろんその時点でも、入金した自分の金をおろすことは違法ではない。小塚老人の計画なのだ。間違いはない。

ホームレスの男たちはみな昼間から熱い湯につかり、こぎれいな古着を着せてもらったうえ、銀行からティッシュやタオルをもらってお喜びだった。その日の夕方には噴水脇のテント村で開かれた宴会におれと辰美は招待されている。小金のはいった男たちはみな陽気で明るかった。

季節は九月のなかばでいい陽気だった。ホームレスにとって暑さも寒さも雨もすくない五月と九月が一年で最高の二カ月なのだという。辰美はにこにこと人のよさげな笑顔をつくり、満席のビニールシートに正座して、水のように日本酒を口に運んでいた。夕空のした宴席が盛りあがってくると、いきなり暴力団兼右翼代表は立ちあがり裸踊りを披露した。照れ笑いで頭をかきながら席に戻った辰美がおれにいった。

「あんたもなにかやってこい。あいつはちょっとおもしろいやつだと思わせといたほうが、あとあと便利だ。ここにいるやつらは、毎日気分だけで生きてるんだからな。景気をつけてやれよ」

おれも酔っ払っていい気分だった。今朝は明け方にうとうとしただけだが、若さのせいか身体が軽くてしかたなかった。見あげると東京の星のない夜空が、緑の屋根のすきまから低くのぞいていた。地上に近い部分だけ光りの輪をかぶせたように丸く冴《さ》えている。野外でのむ酒の味は格別だった。おれには全力でとりかからねばならない仕事があり、新しい女がいた。急に火がついたように身体の奥が熱くなり、おれはその場で立ちあがるとただひとつ知っている演歌をうたった。

『天城越え』

おれたちが越えようとしている険しい峠も、しだいに頂上に近づきつつあった。

¥

翌十七日に日経平均は終値で、三週間ぶりにバブル後最安値を更新した。もちあいの解消や外国人売りが間断なくでて、買い手のいないままするすると平均株価は値を下げていった。午後になり一万四千円を割りこんでも下落の勢いはとまらなかった。手もちの株を圧縮して、より安全な債券へシフトしようというムードが市場全体を覆っていたのだ。肝心の金融再生法案は、野党案を自民党執行部が丸のみしたが、それに与党内で不満が噴出していた。反発した野党は土壇場で待ったをかけ、与野党間の調整は白紙に戻されてしまった。出血がとまらない瀕死の患者が横たわる手術台の横で、やぶ医者同士が面子《メンツ》の張りあいをしているのだ。市場関係者はあきれて誰もマーケットに手をださなかった。

長銀の株価はたった二十二円まで転げ落ちている。すでに監理ポストに移されていてもおかしくない株価で、はっきりいって駄菓子の値段だ。この日、不動産・建設・金融・流通など構造不況業種がそろって値を消すなか、まつば銀行株も久々の二百円割れを演じていた。

195円

八百万円を超えるおれの資金は、二百円台のうちに全額信用売りにのせてある。ジジイとおれは政治家たちの演じるドタバタコメディを、嗤《わら》いながらディスプレイのまえで眺めていた。

¥

一週間かけてほぼ予定のホームレス半数の仕込みを終えた。週末を控えた夕方、ドヤから小塚老人の屋敷に戻ると久しぶりの人間がおれを待っていた。ＢＳ東京テレビの栗山義弘だ。よく日焼けした顔とジーンズの上下という格好は前回とまるで変わらなかった。猫足のソファに座り何事かジジイと話している。栗山はおれを見ると片手をあげていった。

「こんちは。白戸くんにお土産《みやげ》がある」

そういって椅子《いす》の脇においたナイロン製のカメラバッグをセンターテーブルにのせた。たいした重さはなさそうだった。片手で軽々と扱っている。

「なんですか」

おれもソファに座り、話に加わった。小塚老人は愉快そうにおれを見ている。栗山がファスナーを開けて、薄型のビデオカメラを取りだした。一時間で読める新書判の経済学入門書くらいのサイズだった。

「操作に慣れておいてもらいたい。小型だがデジタル録画方式で、そのままオンエアに十分耐えるクオリティの画質だ」

おれはビデオカメラなど扱ったことはなかった。

「いったいなにを撮るんですか。おれは映像の専門家なんかじゃありませんよ」

栗山記者はにやりと笑う。どこか下品なところを感じさせる笑顔だった。

「ぼくに撮れないところを」

小塚老人が冷ややかにいった。

「きみにはまつばの内部に潜入してもらいたい」

栗山は腕につけられた腕章を指さした。報道の文字がなんでも可能になる魔法の呪文のようにでかでかと刷られている。

「ぼくがもっていく機材はおおきいし、正規の取材申しこみをしても、たぶん町屋駅前支店は取材拒否をするだろう。そうなると撮れるのは支店の外側だけだ。歩道にあふれる取りつけ客は自由に撮影できるが、肝心の支店内部の様子がわからない。そこで白戸くんにそのカメラで行内を撮影してもらいたい。極秘のソースから手にいれた緊急映像ということで、放送材料にさせてもらう。パニックになった客でごった返すフロアや地下室はきっといい絵になるぞ」

スクープを目のまえに興奮しているようだった。おれは諦めていった。

「わかりました。なにか操作のコツはあるんですか」

「いや、別に。機械がみんなやってくれるから特別なことはないが、カメラを構えたら静かに動いてくれ。水でいっぱいのコップをもってそろそろと歩くようにな。ズームは広角側に固定しておけばいい、急にアップにするとテレビのまえで視聴者が目をまわすから」

そのとき栗山のGジャンの胸ポケットで携帯が鳴りだした。耳にあてた栗山の表情が一転して険しくなった。了解とひと言返して通話が終わった。栗山はおれから小塚老人にむき直っていった。

「急転直下ですね。まだゴタゴタが続くとみんなが思っていた金融再生法案の修正が、党首会談で合意されました。公的資金で普通株を買い取り、長銀は一時国有化されるそうです」

小塚老人の顔が引き締まった。

「資本注入枠の十三兆円はどうなったかね」

「いったん白紙に戻されるそうです」

おれはディスプレイに流れる速報に目をやった。金融再生法案合意のニュースが、新聞やテレビよりもひと足早く画面の端をとおりすぎていった。小塚老人の声は硬かった。

「予定が早まることになるかもしれない。白戸くんは残りの分を来週初めの三日間で完了させなさい。それにしても、わからないのは市場も政治も同じだな。もうだめだと観念するとたんに底を打って急上昇に転じたりする。週明けのマーケットの反応が楽しみだ」

日経平均が引き続き一万四千円を割りこんだその日、株価三百円以下の低位株は東証一部の四割を占め、百円以下の倒産株価の銘柄は六十をかぞえていた。二カ月まえのほぼ三倍に増えている。マーケットがあげた悲鳴は、フラッシュを浴びてにこやかに握手する党首たちに届いていたのだろうか。

¥

銀行も相場も休みの週末のあいだ、おれは保坂遥のマンションにいりびたり、ほとんどの時間肌をあわせてすごしていた。彼女は三年、おれは四カ月というパートナーのいない時期を埋めあわせるかのように、おれたちはせっせとセックスに励んでいた。栗山記者に借りたビデオカメラはここでも活躍してくれた。

午後の光りがさすベッドルームで、おれたちは交代で互いの身体を撮影した。最初は恥ずかしがっていたが、機械の冷たい目が興奮を誘うのか、保坂遥はしだいに大胆になった。

シームいりのストッキングをはいた下着姿や裸の背中を撮らせてくれる。確かにビデオカメラの操作のコツは栗山のいうとおりだった。なめるようにゆっくりと動かすのが正しい撮影方法なのだ。一度画角を決めたらじっと対象に集中する。女性の身体を見るように撮影すれば、誰でも簡単に上達するに違いないと思った。保坂遥の伸びやかな肉体は撮影の練習には最高の被写体だった。

だからといって、アダルトビデオを想像してもらっては困る。おれたちは行為自体をデジタル化して記録などしなかった。セックスは録画などするには、あまりにも惜しいものだ。酒を撮っても酔うことはできない。カメラに神経を割くひまがあるなら、保坂遥とおれにはほかにやることはいくらでもあった。

¥

いつもの倍近い三十五人のホームレスをまつば銀行にピストン輸送した月曜日、マーケットは政治にこたえを突きつけた。金融再生法の修正案にはっきりとノーをだしたのだ。下げ幅は一時四百円を超え、前週に続いて平均株価はバブル後最安値を更新した。なかでも大手都市銀行の株は悲惨なものだった。まつば銀行は一割近い十八円の棒下げを演じている。

ディスプレイで終値を確認した小塚老人の声は皮肉だった。

「わたしたちが手をくだすまでもなく、このままつばは沈んでしまうかもしれないな。きみは現在のマーケットをどう思うかね」

おれは老人のいれたコーヒーをすすりながら、ゆっくりと考えた。日本株の暴落が響いて、ニューヨーク市場でもダウ工業株三十種平均が大幅安を記録し、一時的に七千八百ドルを割りこんでいた。

「政治はあいかわらずもたついてますし、マーケットの地合いも悪い。おれたちにとって格好の状況が続いているように見えますが、判断はむずかしいところじゃありませんか」

小塚老人は満足そうにおれにいった。

「理由は」

「おれたちに追い風の悪条件がそろいすぎている。政治家は国民の声なんて気にしてないが、東証の株価には敏感です。市場にノーといわれれば、つぎの手を打ってくるでしょう。それにこのところ日経平均が激しい上下動を繰り返しています。おれにはつぎの中期トレンドの方向性を決めるために、市場自体が苦しんでのたうっている気がする。ただの感覚にすぎませんけど」

「底もみにはいったというわけか」

「そんなところです。実際はまだまだ値を下げるでしょうが、どちらにしても大底は近いと思います」

　小塚老人も考えこむ表情になった。ＬＰレコードはとうに終わっているが、新しい曲をかけるために席を立とうとはしなかった。

「ご存じでしょうが、市場の空気は変わり身が速い。前日まで最悪の経済状況でも、つぎの日には悪材料出尽くしなどといって急騰することがある。マーケットの雰囲気が好転してしまえば、取りつけのサクラを一万人用意しても、株価を動かすことなどできないでしょう」

　老人はなにかちいさく吐くように笑った。弱気な笑いを見せるジジイを見るのは初めてだった。

「きみのいうとおりかもしれない。失敗すれば追い風と勘違いして嵐《あらし》の海に帆をだすようなものだ。波にのまれて塵《ちり》と消える。わたしたちは時の利を決して誤ってはならない。それにしても、きみは成長したな。もうひとりでも十分やっていけるだろう。足りないのは経験だけだ」

　真顔でほめられて、びっくりしてしまった。この魔術師のような老人からお墨つきをもらったのだ。半年と期間は短かったけれど、それなりのマーケット感覚と投資技術は身についたということなのだろうか。照れてごまかした。

「もうひとつ足りないのは資金ですよ」

「それなら心配いらない」

小塚老人は思いだしたように立ちあがり、アナログプレーヤーに移動した。おれはあわててやせた背中にいった。

「どういうことです」

「最後のディールにも、きみに成功報酬を用意してある。利益の一割だ」

おれはきかずにはいられなかった。

「今回は何株仕込んでいるんですか」

「わたし個人の分だけで、四百万株」

計算の必要さえなかった。まつば銀行が百円下げれば、四億円の儲け。その一割がおれの取り分なら四千万になる。手もちの資金とあわせればほぼ五千万円。駆けだしの個人投資家としては悪くない元手だった。おれの計算を知ってか、老人は鼻で笑ってみせる。

「もっとも別口で裏の筋から金をかき集め、その三倍ほどの売りのせをしている。仮に失敗した場合、相場をしくじったでは済まない金だ」

欲で風船のようにふくらんだおれの頭が氷水を浴びたように冷えていった。

「それじゃ……」

「秋のディールは失敗の許されない取り引きだ。それくらいでないと、相場に慣れきったわたし自身に真剣味がでないのでな。先の短いわたしの命をのせてみたというわけだ。きみにはこれまでにも増して努力してもらいたい」

おれは小塚老人の背中を見つめていた。心なしか疲れて肩が落ちているように見えた。退路を断って相場を張る。おれはきかなくてもいいことをきいた。

「これが小塚さんの最後の相場になるんですね」

「そうだ。勝っても負けても、そういうことになる。しかし、まったく後悔はしていない。マーケットの値動きというのは実におもしろいものだ。もう百年生きられたら、毎日数字の変化だけ追ってもいいと思うくらいだ。きみには説明しなくてもわかるだろうがな」

そのとおりだった。将来はどこかの会社に就職するかもしれないが、おれも資本市場を離れるつもりなどなかった。残りの一生でどれだけの相場を見ることができるか。それは単に金をもうけるだけでなく、おれの生きる楽しみになりつつある。

小塚老人はいつまでも新しいレコードを選ばずに、壁のサイドボードにむかっていた。ひとりになりたいのかもしれない。ちいさな声で別れの挨拶だけ告げると、おれはディーリングルームを離れた。

¥

その足でおれは二子玉川にむかった。田園都市線をおりて、玉川通り沿いにすすむとダグウッドプラザという飲食店が並ぶオープンテラスがある。最初のデートからほぼ毎日、そこで保坂遥と待ちあわせしていたのだ。

昼のあいだはまつば銀行で取りつけ騒動を起こすためサクラをせっせと準備し、夜はその銀行の金で晩飯をおごられる。考えてみればおかしな話だが、保坂遥は年下のおれに決してデート代を払わせなかった。軽く一千万円を超える高給取りなんだから気にすることはないというやつもいるだろう。だが、おれはそう簡単に割り切れなかった。

そこで代わりになにか心ばかりのプレゼントを毎回もっていった。笑えるもの、かわいいもの、ときには値の張るブランドの小物なんか。なかでも一番受けたのは観光客用に売られていたハチ公のミニチュアだった。保坂遥は本棚の一角を空けて場所をつくり、そこにプレゼントを並べていった。

銀行の仕事がいそがしいせいで、彼女は遅れてくることが多かった。おれは中庭を見おろす二階のデッキに座り、親子連れやカップルが楽しげにファストフードの紙袋を開いている光景をぼんやりと眺めていた。そんなときは自分にもあんな家庭をもつ日がやってくるのだろうかと不思議になることがあった。

かつての同級生たちはみな、どこかの会社でフレッシュマンとして働いているはずだった。小塚老人と出会ってたったの半年でおれは安全な群れを離れ、マーケットの世界の奥深く迷いこんでしまった。そこは勤勉さや誠実さといった日常生活で欠かせない徳目が、たいした意味をもたない世界だ。ふれたものをなんでも黄金に変えるミダス王の伝説があるけれど、いちど骨まで市場につかってしまうとこちらの世界に戻ってくるのは困難なのかもしれなかった。マーケットを支配する黄金のウイルスに感染し、労働の代価ではなくリスクの代償としての金に慣れてしまうからだ。しかも会社員の給与レベルと比較すると、資本市場で動く金は桁違いにおおきい。

おれは別にたくさんの金をもっているだけの人間など尊敬しない。だが、自分の意思で自由に動かす大金には、他の世界では決して得られないスリルがあるのも事実だった。春先に小塚老人にいわれた言葉を思いだす。

「まだ金をつくっていないだけの金もち」

あのときそんな言葉は、飛べない鳥や溺《おぼ》れる魚のようにただの形容矛盾だと思っていた。

だが、マーケットの波にのる方法を学んだ今は違う。おれが立つことのできる波はまだちいさいが、いつか伝説のビッグウエーブだって自由にのりこなしてみせる。今のおれにはそのために必要なものがそろっているのだ。

足りないものはほんのわずかで、秋のディールですべてそろうはずだった。

¥

九月の第四週はさして動きのないまますぎていった。サクラの仕込みは順調に消化され、おれと辰美は予定どおり二百人のホームレスに新規口座を開設させた。二百冊の通帳と二百本の三文判はなかなかの見ものだった。おれは通帳と印鑑をセットにしてビニール袋にいれていた。机の脇においた宅配便の小振りの段ボールがほぼいっぱいになる分量だ。

二十五日の金曜日には市場にとってプラスとマイナスのニュースがあった。ひとつは懸案の長銀の始末が決まったことでこちらはプラス。普通株を国が取得し一時国有化する「特別公的管理」で、破綻処理をすすめる方向で与野党は折りあった。もっとも夜になって大勢が判明したので市場への影響は週明けにもちこされている。

それより問題だったのが、政府見とおしの九八年度実質経済成長率が、当初のプラス一・九パーセントからマイナスの一・六〜一・八パーセントに下方修正されたことだった。どこをどう間違えると四パーセント近い誤差が生じるのか理解に苦しむが、もともと数字の波であるマーケットは、予想外の数字の変化には敏感だった。市場が開いてから一時間ですとんと五百円近く平均株価は値を下げ、そのまま一日底に張りついたままで終わった。戦後初の二年連続マイナス成長では、買いの手が凍りつくのも無理はない。

この日、まつば銀行の株価は百八十円を割りこんで年初来最安値をつけている。

176円

¥

週明けからおれと小塚老人は長い待機にはいった。爆破のしかけはすべて準備が完了した。あとはスイッチをいれるだけだった。もうひとつジジイが用意したという爆弾については、いくらきいても笑って教えてくれなかった。

わずかな爆薬で最大の効果を得るには、最適のタイミングを見極める必要がある。おれたちは経済指標や政治の動向に細心の注意を払っていた。市場が開いているあいだは、ディーリングルームにこもり、ディスプレイに張りつく。横から見たらぼーっと画面を眺めているだけに見えるだろうが、これが結構疲れる作業なのだ。他に神経をそらすこともできずに、QUICKでほぼリアルタイムで速報されるニュースを横目で見ながら、水のように心を静めている。おれが肩こりを感じたのは、あのときが生まれて初めてだった。

月曜日には長銀系のリース業界大手、日本リースが二兆円を超える負債を抱えて会社更生法を申請していた。危機的な状態の銀行業界も決して手をこまねいていたわけではない。東海銀行とあさひ銀行は、もち株会社を視野にいれた全面的な提携の道を探り始めた。

明るいニュースは一本だけ。

「今季最終戦でセントルイス・カージナルスのマーク・マグワイア一塁手が、六十九・七十号本塁打を放ち、大リーグ新記録を樹立」

この日、まつば銀行株にあまり変化はなかった。

172円

¥

税収不足で十八年ぶりの実質赤字に転落した東京都が財政危機宣言をした火曜日。ふたりきりで部屋にこもり続けるうちに、おれはしだいに退屈し始めていた。小塚老人が正面のディスプレイを見つめたまま、おれに話しかけてきた。

「いい機会だ。きみはわたしがどうして、こういう仕事を始めたかききたくないかね」

新日鐵、半導体事業から撤退、グループ事業再編で単独黒字確保へ。おれは画面を流れる情報を目で追いながらいった。

「いいですね。どこかの会社の話ばかりじゃなくて、人間の話がききたくてしょうがなくなっていました」

老人は鼻で笑うと、声の調子をあらためていった。

「わたしもきみと同じ街の生まれだった。きみのプロフィールに出身地・新潟市という文字を発見して、懐かしく感じたものだ。もっともわたしは市内ではなく、かなり田舎に引っこんだ土地だったがな」

おれはちらりと老人の横顔を見た。モニタの放射光を浴びているせいか、ほんのりと赤く染まっている。

「大学はどこだったんですか」

東大といわれても驚かなかっただろう。語学に堪能《たんのう》なところや縦横無尽な経済の知識、それにクラシック音楽や英国サビルロー風のスーツの好みを考えると、あの時代にはめずらしい留学生だった可能性もある。小塚老人はほほえんだ。

「いや。わたしは小学校卒だ。正確には当時の国民学校卒ということになる」

「そうですか……」

老人は表情のない目でおれを見ると、視線を画面に戻した。

「気にすることはない。当時はそれが普通だった。成績は悪くなかったが、さして豊かではない農家の三男坊では、上級の学校にすすむことは許されなかった。わたしが国民学校を卒業したのは敗戦の翌年だった。きみには想像もできない時代だ」

おれは黙って、老人の話に耳だけ傾けた。住友商事・丸紅の商社大手、九月中間期の最終損益が大幅な赤字へ。小塚老人の声は続いている。

「わずかな餞別《せんべつ》と東京にいる遠い親戚への手土産にリュックいっぱいの米を背負って、わたしは上野駅に到着した。見たこともないほど広い駅の構内で、たまたま汚れた軍服を着た男と肩先がぶつかった。殴られるかと思い、わたしは緊張した。軍人は恐ろしいものだと頭から思いこんでいたのだ。最敬礼をして目をつぶり、『失礼致しました』と叫んだ。だが、通路に倒れた男はそのまま立ちあがってこなかった。しばらくしてわたしは顔を赤くして、その場を立ち去った。東京はひどいところだと思った。子どものわたしとぶつかった大の男が空き箱のように崩れて、立つこともできない。飢えていたのだ。当時の食糧事情は最悪の一語に尽きた」

ほんの五十年まえの、まるで別世界の話だった。だが、それを証言する小塚老人は目のまえに生きている。歴史をつなぐのは人の命だ。

「季節は春の盛りで、わたしは駅の水道で手と顔を洗い、たっぷりと水をのんだ。改札をでるのがひどく心細い気がしたのを覚えている。駅はまだ新潟とつながっていると思っていたのだな。わたしは腹を空《す》かせ、駅の周辺に密集するバラックをのぞいていった。スイトン、ウドン、蒸《ふ》かしイモ。怪しげな肉のすき焼きも、進駐軍のレーションでつくられた名前を知らないたべものもあった。そのなかの一軒でわたしはそれまでに味わったことのない匂《にお》いをかいだ。足が自然に吸い寄せられてしまう。鼻先を釣針で引っかけられたようだった。車中でとうににぎり飯をたべ終えていたわたしの口には、唾液《だえき》があふれた。わたしは慎重にテントのまわりをかこむ人々を観察した。みなやせて貧しげなボロを身にまとっていた。この店ならもち金でなんとかなるだろう。わたしは勇気をだして、よしず張りの店内に足を踏みいれた」

おれはデスクに身をのりだして、老人の話をきいていた。

「いったいそれはなんのくいものだったんですか」

「思わせ振りな文言ですまない。だが、そのときのわたしの驚きはそうでもいわなければきみに伝わらないだろう。店にはいったわたしはランニングシャツを着た男にみんながたべているものをくれと注文した。すぐにさじをのせた皿が返ってくる。飯のうえに見たことのない黄金色のソースがかかっていた。土間の隅で立ったままひとさじすくい、十四歳のわたしは口いっぱいほおばった。うまかった。涙がでた。東京の人間はこんなにうまいものを毎日くっているのかと、田舎に生まれたことを悔やんだよ」

「だから、それはなんだったんですか」

小塚老人はにやりと魔術師の笑顔を見せる。

「カレーライスさ。今にして思えば、肉などひとかけらもはいっていない、少々の玉ネギと大量のうどん粉で貴重なカレー粉をのばした粗悪な代物だ。ライスは当然ぼそぼそした麦飯だった。だが、それでもわたしの生涯の最良のひと皿であることに変わりはない。わたしは世界を旅したが、あれ以上のものには結局めぐりあわなかった」

なんだか、おれも急にどこかのそば屋のカレーライスがくいたくなった。

「初めての東京の印象は結局このふたつだった。この世のものとは思えないほど美味なカレーライスと、指先で背を押すだけでばたばたと倒れていく飢えた男たち。それが当然の時代とはいえ、東京は不思議な街だった」

おれももうすこし続きをききたかったけれど、今日はこのくらいにしておこうといって小塚老人は話をやめた。

¥

昔話が毎日すこしずつ続くようになった。出会ったころは、おれが一日一問の質問をするのが日課だった。今度はおれのほうがきき役になったのである。あの世代の人間にはありふれた話なのだろうが、ディスプレイのお守りに退屈していたおれには絶好のひま潰しになった。

九月最終日、東京のマーケットは再びバブル崩壊後最安値を更新した。四百円を超える下げを主導したのは銀行株で、自民党が固めた早期健全化スキームが適用されると、大手十九行の大半が債務超過に転落するのではないかと市場は恐れたのである。株価百円割れの銘柄は七十七に増加し、信用収縮とデフレの大波がすぐそこに迫っているようだった。

下げ局面の相場というのはおかしな気分だ。胸が凍るような経済指標が、売り方であるおれたちには最高のグッドニュースになる。小塚老人は悪い数値を満足そうに確認すると話の続きを始めた。

「わたしは小岩に住む親戚の家に下宿して、省線で亀戸の電器工場にかようことになった。その家の人が工場長と知りあいで口をきいてくれたのだ。給料は安く、仕事は長時間の単純作業だったが、もちろん文句などなかった。当時は働く口があるだけでありがたいことだったのだ。休みの日など省線をのり継いで適当な駅でおりては、見知らぬ街をぶらぶらと歩いたものだ。腹が減ると駅まえのスタンドでカレーライスをくい、夕方歩き疲れて部屋に戻る。それだけで申し分なく楽しい休日だった」

「でも、その工場は長続きしなかったんでしょう」

ラジオや電球の生産ラインに張りつく小塚老人をおれはうまく想像できなかった。そのまま勤めあげたのでは、マーケットの魔術師にはならなかったはずだ。

「そうだな。それでも二年ほど工場勤めは続いている。問題は仕事ではなく、親戚との人間関係にあった。その家の主人はよくわたしにいっていた。東京で道を歩くときは、人と目があわないように視線を落として歩きなさい。なにかあったら、まっさきに頭を下げなさい。この街の人間は恐ろしい人間ばかりだ。わたしは部屋代と食費をいれていたのだが、みそ汁とぬか漬け以外、食卓に惣菜《そうざい》が並ぶのを見たことがなかった。たいへんな吝嗇《りんしょく》だったのだ。わたしが就寝まえに本を読むことさえ気にいらない。電気代がもったいないし、だいたい工員は翻訳ものの小説など読まないものだ。そんなものを読んで世のなかを知るのは百害あって一利なし。典型的な封建時代の百姓の考えかただが、あの時代の日本人の半分はそんなものだった。わたしがひとり暮らしを始めたいというと、わずかな部屋代惜しさにでていってはいけないという。こちらが本気だとわかると、工場長の家にいき、わたしはアカだと根も葉もない話をした。たまたまそのときロシアの小説を読んでいたせいだろうがな」

小塚老人は能面のように顔から感情を消していた。こういうときにはいつも嫌悪感を押さえていることが多かった。町屋駅前支店の関根に対するとき、こんなふうに表情が抜けることがあった。

「面倒になりわたしは仕事も住まいも変えることにした。親戚の家を飛びだし、浅草橋の商人宿に転がりこんだ。二年間の工場勤めでわずかだが貯金もあったし、ひとりでのびのびと手足を伸ばしたかった。夜学にかよわせてくれるような仕事先を探すのもいいかもしれない。散歩中に電信柱に貼《は》り紙を見つけたのは三日ほどして、しだいに心細くなってきたころだった」

「今度こそ証券会社ですね」

ディーリングルームの壁際に並んだディスプレイの両端に離れて、おれたちは話していた。画面の下を第一勧銀とJPモルガンの提携話が流れていく。小塚老人の声は若々しい張りを取り戻していた。

「そうだ。少年社員求むと書かれていた。翌日わたしは兜町《かぶとちょう》に生まれて初めて足を運んだ。威勢のいい街だった。わたしが訪れたのは今はもうなくなってしまったちいさな証券会社の、木造三階建ての本社屋だ。一階は土間になっていて甘味屋においてあるような竹のベンチがずらりと並んでいた。男たちは黙って茶をのみながら、壁の黒板を見あげている。面接の意図を告げるあいだにも、わたしと同じ年くらいの社員が黒板の数字をチョークで書き替えていた」

おれより遥かに年下の小塚少年の緊張した姿を想像した。だが、黒いガラス玉のような冷たい目はきっと変わりなかっただろう。

「黒板とチョークですか。なんだか明治時代の話みたいですね」

老人はマウスパッドのうえでホイールつきのマウスを軽く往復させた。

「まったく。しかし、コンピュータはあのころ人がやっていたのと同じことを、電子の速度にスピードアップしたにすぎない。株価が求められる方法も、市場というシステムもなにひとつ変わることはない。わたしたちはハイテクなどというものを、もう一度考え直す必要があるのかもしれないな」

数のランダムな変化から波のうねりを抽出したり、近づきつつある危険を察知する感覚は、コンピュータの遠く及ばない人間の力だった。あるいはその特殊な能力に「復讐」をいれてもいいかもしれない。一秒間に一億回の浮動小数点計算ができても、機械には目標を決める力がない。小塚老人とおれがまつば銀行を狙うように。

「わたしはその場で採用された。同期入社のHくんといっしょだ。それからの三年間、わたしがやった仕事は『値書き』と呼ばれる黒板の株価修正だった」

おれは椅子をまわして小塚老人を見た。枯れた指先が水性ボールペンのキャップをチョークのようにつまんでいる。

「きみが三カ月かけた数字の裏側にある波のうねりを感じとる訓練を、わたしは複数の銘柄で三年かけておこなったのだ。そのころ証券市場は活況を呈し始めていた。砂漠に突然湖があらわれるようなものだ。大戦中はどこかに隠されていた富が、敗戦から数年してどっと市中にでまわりだした。バブルのときと同じだ。金は金と仲がいい。復興の兆しは最初に証券市場にあらわれた」

老人の目に火がはいるのがわかった。組んだ足先の革スリッパがリズムを取っている。

「時代が時代だし、証券会社などまともに相手にされない空気が世のなかの大勢だったので、逆にわたしたちは自由だった。豪快な先輩が何人もいたものだ。自分の給料はすべて後輩へのおごりに消えて、生活費は株でつくる人。小豆《あずき》の商品相場で豪邸を建てた人。妻とふたりの妾《めかけ》に家をもたせてやり、自分は会社近くのアパートで暮らしている人。わたしも先輩たちをまねて、自然に会社に隠れて手張りをするようになった。近くの別な証券会社をとおして、自分の金を投資するのだ。こういってはなんだが、わたしの運用成績は飛び抜けていた」

そこで息を切ると、小塚老人は頭のうしろで手を組んだ。ため息をついていう。

「わたしは若かった。自分の成功を人に知らせる快感に酔っていたのだな。金儲けのうまさを吹聴せずにはいられなかった。相場の下手な同僚の何人かが、しだいにわたしに金を預けるようになった。株を毎日扱う証券会社でも、相場の上手下手がいるものだ。値書きの仕事でも遊びでも、いつもいっしょだったHもそのひとりだった。Hは相場は好きだったが、熱しやすい性格で投資はなんとも下手くそだった。わたしは若く、荒馬のような戦後の相場をのりこなせるといい気になっていた。資金が増えると市場での戦術も豊富になる。わたしは手数料も取らずに預かった金をせっせと増やしていた」

淋しそうな声だった。続きはおれにも予想がつく。人生は波だ。のぼり続けるだけの波など存在しない。必ずどこかで下降局面が待っている。問題なのはいつ下げに転じたか、渦中にいる当人には決してわからないことだ。

「ある日、Hが百七十万円という大金をもってきた。大学卒の初任給が数千円の時代の百七十万円だ。都内で土地つきの一戸建てが買える額だった。知りあいの金もちにわたしの話をしたら、おもしろそうだといってポンとだした金だという。わたしは疑いもせずにいつものように懇意の証券会社に入金し、いくつかの銘柄に投資した」

おれは黙っていた。別にあいづちなど必要な場面ではなかったからだ。

「ある朝出社すると社長に呼ばれた。隅のパイプ椅子ではHが震えていた。ただならぬ雰囲気だったが、その時点でもわたしは成績不振のお小言だろうとしか思っていなかった。Hもわたしも値書きから、花形の営業職になっていたのだ。世のなかの仕組みや大人の遊びを教えてくれた親代わりの社長だった。その人が残念そうにいった。今回ばかりはかばってやれん、済まんな」

「いったいどういう筋の金だったんですか」

「Hが管理するある隠居の預かり資産だった。客の金で勝手に株を買ったりすることなど、当時はめずらしくなかった。たいていは頭を下げて、金を積めばうやむやにできたのだ。だが、その年寄りのひとり息子というのが法曹界の仕事をしていて、告訴を取りさげることは決してないという。わたしは事情を話したが、社長は疑り深そうな目でわたしを見ていた。社長室をでたわたしたちは事後対策のために、いきつけのうなぎ屋にいった。時間は早かったが、仕事などもう私物の整理くらいしかなかったのだ。うなぎを待つあいだ、Hは泣いてわたしに詫《わ》びた。自分が相場で開けた穴を、わたしの投資の利益で埋めようと預かり金に手をだしたという。そこまではうなずける話だった。だが、彼はつぎに信じられないことをいった。社長にはわたしにそそのかされて、客の金に手をだしたといったというのだ。わたしは心底腹を立てた。興奮して目のまえの湯のみを投げつけようとしたとき、ひとりの女性の顔をわたしは思い浮かべていた。婚約したばかりのHの相手のお嬢さんだ。仲間の誰もがうらやむ、美しく気立てのいい人で、わたしたちはよく三人で遊んだものだった」

小塚老人はディスプレイのうえの中空を見て、穏やかに笑っていた。その表情でおれは嫌な予感がした。

「ちょっと待ってください。もしかして、罪をかぶったわけじゃないでしょうね」

老人はすこしだけおれに笑いかけていった。

「若いころはわたしにも勇気があったのだ。それになにがあっても相場の腕だけで生き抜けるとおかしな自信をもっていた。警察の取り調べ室でわたしはHの話にあわせて供述した。いい気なものだが、婚約祝いのつもりだったのだろう」

「裁判はどうなったんですか」

「懲役十カ月、執行猶予はつかなかった。わたしは獄中でいつか大嫌いな親戚にいわれたように頭を下げて嵐がすぎるのを待ち、ひたすら勉強を続けた。前科がつけば、もう再び表舞台で相場の仕事はできないだろう。いよいよ自分の技術に頼るしかない。わたしは必死だった。あの十カ月がわたしを変えた。今のわたしをつくったのは塀のなかだ。甘さや余計な脂はきれいにそぎ落とされた。人を信じることはすくなくなり、この年まで結局ひとり身で子をつくらなかった」

自然にため息が漏れてしまう。おれの質問は控えめになった。

「そうでしたか……なかはどんな様子でした。話したくなければいいですけど」

「一般論としてきいてもらいたいが、あそこは平均に及ばない人間の欠損を厳しい規律と権威への従順さで埋め、矯正という無害化を図る場所だ。わずかでも抜きでた部分をもつ者にはつらい施設だった。それでも十カ月は十カ月にすぎない。出所してからわたしは再び市場に戻った。贅沢しなければ十分暮らせるほどの元手はあったし、日本は戦後初の経済成長のとば口にいた。それからの数十年、わたしは投資成果をあげ続けた。塀のなかで知りあった人間を通じて裏の世界にもつながりができ、もぐりで金貸しをするようにもなった。豊かだが孤独な人生だったが、孤独なうえに貧しい人間もいる。このあたりでわたしはきっと満足すべきなのだろうと思っていた」

少々のまわり道はあったけれど、悠々自適の個人投資家の成功伝だった。だが、どこかおかしい。おれは心に引っかかった疑問を口にせずにはいられなかった。

「のんびりと引退できるだけの資金があるのに、なぜ最後にこんな大勝負を張らなければならなかったんですか。さっき裏の世界からも金をかき集めたといってましたよね。小塚さんは個人的に変額保険の被害を受けているわけではないし、この町への同情だけでは理由にならないはずです」

「きみは敏感だな。わたしの若いころとそっくりだ。物事のどんな細部にも光りをあてずにはいられない。そういう性格はもろ刃の剣なのだが」

小塚老人はディスプレイを離れると、コーヒーを落としにいった。時刻はすでに真夜中に近づいている。ソファにむかいあって腰を落ち着けると、ゆっくりと話を再開した。

「Hとは出所後も毎年賀状を交換する程度のつきあいが続いていた。わたしは格段彼を恨んでいたわけではないが、むこうは顔をあわすのがつらいようだった。同じ町に住んでいたのだが、たまに遠くから姿を見かけることがあるくらいだった。そのHが十年ほどまえ突然この家を訪れた。金の無心だろうと思ってしかたなく部屋にとおしたが、彼は今きみがいる席に座り晴れやかな顔をして笑った」

また嫌な予感がして、おれは猫足のソファで居住まいを正した。おれの背中から嫌な感じは去らなかった。

「彼はわたしに頭を下げた。三十年以上もまえのことを済まながり、涙ぐんだりする。それからわたしにお願いがあるという。彼の妻のことだった」

おれはパズルの最後のピースが埋まりつつあるのを感じた。H。小塚老人のまわりにいるその頭文字の人間を頭のなかで必死にサーチする。ひとりいた。波多野テルコ。アルツハイマー症で過去の思い出だけに生きる美しい老女だ。

「Hは自嘲しながら、何度も事業を興しては失敗を繰り返した来歴を語った。最後に笑って、今度ばかりはいけないようだといった。悪い筋から重ねた借金はゆうに億を超えている。疲れ切って再起を期す力もない。そろそろ年貢の納め時のようだ。ついては妻をよろしく頼みたい。若いころわたしが彼女に惚《ほ》れていたのを覚えていたのだな。彼はわたしが誰とも世帯をもたなかったことも知っていた」

小塚老人の目は濡《ぬ》れたように光っていた。おれはその優しげな光りに耐えられずに、目をそらした。

「それは波多野テルコさんのことですね」

ほほえんでうなずくと小塚老人はコーヒーカップに手を伸ばした。ひと口すすり香りを味わってから、照れたようにいう。おれは波のうえの魔術師が、おれと同じ人間であることに少々驚いていた。

「わたしはあれこれと遊びはしたが、心が震えるような経験は彼女とのあいだにしか起こらなかった。恋などというものは、マーケットよりわからないものだな。わたしたちは結ばれたわけでさえなかったのだ。波多野は自分は今、巨額の生命保険に加入しているといった。死亡一時金で借金を返し、そのうえ妻にもなにがしかの財産を遺してやれる。若いころの罪滅ぼしで、遺言状にはわたしへの贈与の一文も書いたという。子どものいない自分たち夫婦には頼る相手がいない。わたしが死んだら彼女の相談相手になってやってくれないか」

おれの声は自然に強くなった。

「もうひと踏んばりして、生きろとはいえなかったんですか」

老人は鼻で笑った。

「言葉だけで勇気づけて追い返すことは、わたしの立場ではできなかった。きみなら二億円近い金をどぶに捨てるつもりで貸してやれるかね。相場で生計を立てる人間にとって、資金はタクシー運転手の自動車と同じだ。資金を失うのは商売道具を売るのと変わらない。つぎの日から肝心の仕入れができなくなる。彼は若いころさんざんわたしに迷惑をかけた。わたしだって金を貸していい人間と貸してはいけない人間の区別くらいつく。覚悟を決めて明るく笑う人間など、危険すぎて誰も金など貸さないものだ。自分が死ねばすべてがちゃらになると、一番楽な道を選んだのだからな」

苛立《いらだ》ちが言葉の端々にのぞいていた。おれは安全な場所にいる人間のつねで、鈍感なことをいった。

「でも、もし波多野さんが借金を申しこんできたら、貸していたんじゃありませんか」

憮然《ぶぜん》とした表情で小塚老人はいった。

「そんなことは誰にもわからん。結局彼は金のことなどひと言もいわずに帰っていった」

小塚老人はしばらく黙りこんだ。おれは息をつめて続きを待った。再び話し始めた老人の声はききとりにくいほどかすかで、ぶっきらぼうだった。

「十日ほどして交通事故のニュースが朝刊にのった。深夜首都高六号線のカーブでスピードをだしすぎた車が側壁に激突した。運転者の名は、波多野紀昭。かつての親友の名前だった」

老人はゆっくりと息を吐いた。吐く息は痙攣《けいれん》を起こしたように途中で震える。

「自殺ではなく事故であると偽装するため、激突する直前に彼は急ブレーキをかけている。一気に目をつぶって加速するのではなく、スピードを落としながらコンクリートの壁に突っこむのは、さぞ勇気が必要だったことだろう。相場の腕はまずくとも、彼の最期は見あげたものだった。それもこれもテルコさんを自殺した亭主の未亡人にはしたくなかったせいだろう」

続きはおれも知っていた。黙ってうなずいて先をうながす。

「事故の直後落ちこんでいる彼女をわたしははげました。優秀な弁護士を紹介して借金のかたもつけさせた。わたしはなにくれとなく彼女の相談相手になった。悲しみの波がしだいに収まり、彼女がすこしずつ生活を楽しめるようになるまで数年かかった。ようやく薄日がさしてきたあのころが、わたしには一番幸せな時期だった。しかし、薄紙をはぐように本復したあの人の元に、ある日まつば銀行の人間がやってきた」

　融資つき変額保険。ついてない人間はとことんついてない。おれの目を見て小塚老人はうなずいた。

「途中で解約すると高額の違約金をとられ、かといって運用先を替えることもできない悪質な契約だった。まつば銀行は波多野の家屋敷だけでなく、彼が文字どおり命がけでテルコさんに遺した保険金まですべて奪っていった。彼女のアルツハイマーは住み慣れた家を追いだされてから急激に進行した。波多野は死んだ。彼女は今も失われつつある。わたしは決心した。誰かがあの銀行から金を奪い返してやる必要がある」

　遠い炎のような光りが魔術師の目で揺れていた。皮肉に口の端をつりあげ、老人はおれに笑ってみせた。

「わたしは時期を探り、計画を練った。ここまでのところわたしたちのプランは上首尾に運んでいる。優秀なパートナーが協力してくれたせいも、おおいにあるだろう。きみには感謝している。あの数字を見てみなさい」

　そういって小塚老人はディスプレイにひときわ巨大に映しだされているまつば銀行の株価を指さした。

　170円
「わたしの話はこれで終わりだ。あの三桁の数字が泣き笑い、恐れに身をよじり、興奮に飛び跳ねるのが感じとれるようになれば、わたしからきみへのレッスンはすべて終了したことになる。あとはきみひとりでマーケットを生きのび、すこしずつ成長していけばいい。わたしのような一生をきみにすすめるわけでは決してないがね」

ディスプレイに輝く数字に視線を移した。三つの数字は自分自身の重さを支えきれずに、崩れ落ちる寸前で震えているように見えた。倒れる寸前の斜めの塔だ。それは小塚老人と波多野夫妻、おれとこの町のすべての銀行被害者の憎しみのターゲットだった。

火のついた心でおれは考えていた。この数字を打ち倒す。奈落《ならく》の底までたたき落とす。それがおれたちのちょっと洗練された形の復讐なのだ。

数よ、泣き叫ぶがいい。

¥

九月が終わり十月になった。朝夕の風がすこし肌に冷たく感じるくらいで、昼間はまだ夏のような熱気が東京の空に残っていた。金融再生法案は衆議院を無事通過していたが、平均株価はなんとかぎりぎりで一万三千円台をキープするだけの低空飛行だった。

その週末もおれは保坂遥の部屋にいりびたっていた。昼近くまでベッドでごろごろしてから、散歩がてら玉川髙島屋のカフェでブランチをたべる。腹ごなしにデパートのなかをウインドーショッピングして、気にいったものがあれば気まえよくカードを使い、いったん部屋に戻って、夕方明るいうちからいきつけのやのみ屋で軽くのみ始める。夜はたっぷりと時間をかけて、お互いの身体を探る。自堕落でおしゃれで、とろけるような休日だった。おれは年上女性とのつきあいを見直していた。これほどいっしょにいてくつろげる相手は、これまでの同世代にはいなかったのだ。

肝心の情報収集はほとんどすすんでいなかった。おれはまつば銀行の内部情報を無理にききだそうとして、保坂遥との関係を壊すのが嫌になっていた。だから、その話をきくことができたのは、きっと偶然だと思う。あるいはひねくれた女心の気まぐれか。

どちらにしても、おれが彼女を深く傷つけたことに変わりはない。

¥

日曜日の真夜中だった。おれたちはいつものように何度目かのクライマックスのあとで、裸のまま眠ったはずだった。すくなくともおれは実際に眠りこけていた。目が覚めたのは真夜中の二時すぎだった。不思議だが眠っている最中でも、誰かに見つめられていると気がつくものだ。

最初にマットレスの横を見た。白いシーツの平原のはるかむこう、セミダブルの端にパジャマ姿の保坂遥が半身を起こしていた。暗闇のなかでじっとおれを見つめている。彼女の乱れた髪のうしろに、カーテンレールからつるしたオリヅルランの葉先が鋭いシルエットを描いていた。なぜか体温が急に下がったような気がした。はっきりと覚めた声で、保坂遥がいった。

「町屋駅前支店の関根くんと話をした。あなたは被害者の会だけでなく、悪い噂がある街の投資家の個人秘書も務めているそうね」

目覚めたばかりの頭はまるで動こうとしなかった。尋問には最適の時間だ。おれは焦った。

「あの人は被害者の会の顧問もやっています」

保坂遥の目はひるまなかった。じっとおれから視線をはずさずに追い討ちをかける。

「それに大量の資金をまつば銀行の株にのせている。それはあなたも知っているのでしょう」

そんなことは知らないといえばよかったのだろうが、おれはあっさりと認めてしまった。女性とつきあう場合、正直は最低の美徳だ。保坂遥の声は淋しげな調子になった。

「あなたが急に近づいてきて、すべてがあまりにスムーズに運ぶので、ちょっとおかしいなとわたしは感じていた。でも、何年かぶりにやってきたラッキーな春なんだって、自分をごまかしていたの。関根くんはいっていた。あなたも小塚さんもうちの第三者割当増資について興味しんしんだったって」

霧吹きをつかったように背中が冷たく汗ばんだ。真っ暗な寝室のなかで彼女の声が響く。

「一度しかいわないから、ちゃんとききなさい。第三者割当は順調に根まわしがすすんでいる。豊海自動車は引受団から抜けたけれど、まつばグループ企業を中心に全体で四千億円規模に増資はふくらんでいる。普通株と優先株を発行する形で年内に実施される予定だわ。今月の中旬には公式発表があるでしょう」

おれはベッドから飛び起きた。彼女は自分の身体を抱き、目に見えるほど震えていた。

「遥さん……」

「なにもいわなくていい。この情報はあなたが好きに使って。わたしは変額保険に正当性があるとも思っていないし、銀行に忠誠を誓ったわけでもない。ただ、あなたが情報だけを目あてにわたしとつきあっているのかどうか、それをはっきりさせたかった。好きな人を疑いながらいっしょにいるのは、もう耐えられない。あなたが笑うとひどく苦しくなる。ねえ、この話をわたしからききだしても、まだわたしとつきあうつもり」

終わりのころには保坂遥の両目から粒のそろった涙が、ぽつぽつとパジャマの胸に落ちた。おれはシーツを渡り、声を殺して泣いている彼女を抱き締めた。秋のディールが始まって以来最低の気分だった。それなのに頭の芯にはひどく醒《さ》めた部分があり、そこではまつば銀行の四千億円にのぼる第三者割当増資が市場に与えるインパクトを計算している。

おれは保坂遥といっしょにすこしだけ泣いたけれど、それは彼女とおれの出会いが哀れなだけではなく、自分の心がいつの間にかこんなふうに裂けてしまったのが悲しかったせいかもしれない。

￥

週明けの月曜日、東京株式市場を激震が襲った。別にたいしたニュースがあったわけではない。しかし、長引く金融システム不安から市場では警戒感が強まり、日経平均は終値で十二年八カ月ぶりに一万三千円の大台を割りこんだのである。破綻まえの金融機関に早急に公的資金を投入するという週末のG７声明は、市場の予想どおりで強材料にはならなかった。東証一部の全銘柄の単純平均は十五年ぶりに五百円を割り、ＴＯＰＩＸも当面の下値抵抗線と見られていた千ポイントを下まわった。この日の朝、おれは保坂遥から得た第三者割当増資の情報を小塚老人に伝えている。

前日比二百七十五円安の一万二千九百四十八円で相場が引けたのを確認すると、老人の動きは慌ただしくなった。数本の電話をかけ終えると、張りのある声がおれに飛んだ。

「最後のディールを始めよう。きみは今夜ここに泊まりこめるかね」

おれがうなずくと、黒檀のデスクでノートブックパソコンにむかった。マウスを二、三度操作してからエンターキーをたたく。

「これでいい。明日、明後日とわたしたちはまつば銀行に波状攻撃をかける」

小塚老人は表情のない顔をあげた。あっけない宣戦布告だった。席を立ち、上着に袖をとおすとおれにいう。

「すこし早いが、景気づけにうなぎでもごちそうしよう」

秋のディールの本番が始まった夕方、おれと小塚老人は尾竹橋通りのちいさなうなぎ屋の入れこみで軽くビールをやりながら、うなぎが焼けるのを待った。総資産五十三兆円、日本で第三位の大手都市銀行に総攻撃をかけるには、妙に軽く香ばしい夜だった。

¥

小塚老人が仕掛けたもうひとつの爆弾がどんなものか判明したのは、おれたちが徹夜の監視態勢にはいってしばらくしてからだった。時刻は夜九時、ニューヨーク時間では午前七時だ。ディーリングルームのディスプレイに経済専門ニュースサイト「フィナンシャル・フォーキャスト」から、朝一のニュースが配信された。トップニュースを見ておれは自分の目を疑った。簡単に訳すとこんな調子になる。

まつば・バンク・アメリカ（ＭＢＡ）ロシア債デリバティブで巨額損失

ＭＢＡ（ニューヨーク州）は本日午後、すでに発表された決算を修正。／ロシア債にからむデリバティブ取引により三十億ドルの損失が発生したことを公式に認める。／あわせてヒトシ・クリバヤシ社長兼ＣＥＯが辞任。／この事態を重く見たアメリカ証券取引委員会が即日調査を開始する予定。

情報源はＭＢＡ監査役アラン・ジェフリーズの代理人となっていた。おれはディスプレイから目をあげて、小塚老人にいった。

「監査役のアラン・ジェフリーズというのは実在する人物ですか」

おもしろくもなさそうな言葉が返ってくる。

「ああ、そうだ。彼は現在長期療養中で、マスコミもすぐに捕まえるのはむずかしいだろう」

おれは頭のなかでざっと計算していた。そのときの為替は一ドル百三十五円、三十億ドルなら四千五十億円になる。偶然かもしれないが、アメリカ子会社の損失はまつば銀行本体の第三者割当増資とほぼ同額だった。

「この仕掛けのためにアメリカまでいっていたんですね」

なぜか小塚老人はいらだたしそうだった。ドミノ倒しの最初の一枚を倒したのになんの手ごたえもない、そんな感じだ。だが、「フィナンシャル・フォーキャスト」は経済金融専門のニュースサイトでは、インターネット有数の存在だった。世界中の市場関係者がニュースグループを購読している。まつば銀行子会社の巨額損失のニュースは、今この瞬間も数百万台のディスプレイに表示されているはずだった。明日の朝になれば日本中の金融機関に勤める短期資本市場のだし手たちも、間違いなくこの情報に接することだろう。おれは小塚老人の先制パンチに感心していた。ジジイの声は冷静さを取り戻している。

「ＭＢＡでは必死にニュースを否定するだろう。だが、事態が完全に収束するまでに二、三日はかかるはずだ。今日のニューヨーク市場でＭＢＡの株がどこまで売られるか。最初の勝負の分かれ目はそこにかかっている」

おれは五台並んだディスプレイの中央に視線を流した。ＭＢＡの前日の終値は四角い画面のなか、眠たげにまたたいている。

43 1/4ドル

¥

日本時間の夜十一時、ニューヨーク市場が開いた。まつば・バンク・アメリカは売り気配のまま値がつかず、午前の最終取引でようやくその日最初の株価を記録した。

28ドル

大台をひとつ飛んだ二十ドル台の株価だった。MBAにとって不幸だったのは、なんといってもニューヨーク市場の地合いの悪さだろう。ロシア危機で複数のヘッジファンドが壊滅し、続く南米危機で米大手銀行の巨額損失が明らかになったばかりだったのだ。市場は悪いニュースに過剰反応しやすくなっていた。おまけに日本の銀行の評判は、アメリカでもバブル崩壊以降目覚ましく悪化している。

あとになって知ったのだが、MBAは現地に進出している日系企業への融資だけでなく、金融技術のすすんだアメリカで先端的な取り引きを学ぶ出先機関としての働きも担っていた。トレーディングが業務の柱のひとつだったのだ。栗林均社長の日本人バンカーらしい慎重さは、暴落の最後の決め手になった。

破綻した英米の投資銀行の先例もある。たったひとりのディーラーが抱えこんだ損失が致命傷になるかもしれない。そう判断した栗林CEOはすべての業務を中止し、ロシア・アメリカ・日本・メキシコ国債とルーブル・ドル・円・ペソの為替のポジションを、現物・先物・オプション・デリバティブを問わず最後の一枚まで精査した。これにより貴重な半日の時間が失われてしまった。

午後になりMBAは事実無根であると「フィナンシャル・フォーキャスト」を告訴する構えを見せ、小塚老人の仕込んだニュースは削除された。しかし、その時点ですでに株価の下落は投資家の忍耐の限界を越えていた。売りがさらに売りを呼ぶパニック売りの展開になり、巨額損失が偽情報であると市場にサインを送っても、正しい情報にはもう効果が望めない事態に陥っていた。こうしたセリングクライマックスになれば、アメリカでも日本でも投資家の行動に大差はない。すべてを失うまえに自分だけは損害を最小限に抑えて売り抜けたい。ひとりひとりの自己保身と恐怖が大波となって、市場を呑みこむのである。インターネット時代には、タイミングと相手さえ誤らなければ、一個人でこれだけの巨大なインパクトを市場に与えることができるのだ。おれが興奮してディスプレイに張りついていると、小塚老人がうしろに立ち株価を確認していった。

「悪いがわたしはもう休ませてもらう。睡眠不足はこたえる年なのでな。明日の朝は一番で辰美がくる。きみはいっしょにサクラの半数を動員してほしい。尾竹橋通り商店街の有志と被害者の会には連絡をいれておいた。第一陣の攻撃は明日正午をもって開始する」

そういうと小塚老人はディーリングルームの出口にむかった。扉に手をかける老人の背中にいった。

「MBAの株価は垂直落下です。やりましたね、緒戦は大成功だ」

小塚老人は背を丸め、疲れた目でおれを見た。

「そのようだな。だが、わたしはこれまでマーケットで犯罪を犯したことはなかった。そんなことはせずに、十分に結果をだせたからな。きみも風説の流布が重大な経済犯罪であることは知っているだろう」

おれは黙ってうなずいた。ほとんどの先進国の証券取引法は、インサイダー取り引きなどと並び、風説の流布による株価操作を重罪と定めていた。小塚老人は戸口の外に半身をだしていった。顔は廊下の暗さにまぎれてよく見えない。

「きみをこんなことに巻きこんで果たしてよかったのか、わたしも反省しないでもない。こうなってはもう、どうにもならないが。おやすみ」

おれには小塚老人の言葉は耳にはいらなかった。見る間に値を消してゆくＭＢＡの株価に興奮していたのだ。確かにおれはその夜一線を越えた。弱肉強食のマーケットでさえ守らねばならない最低限のルールを踏み越えたのだ。ことが発覚すればジャングルのなかでさえ居場所はなくなるだろう。だが、獲物を追い始めたおれには、すべてが終わったあとの心配などしている時間はなかった。

見たこともないほどおおきな肉が目のまえにぶら下がっていたのだ。

¥

辰美は明け方に小塚老人の屋敷へやってきた。挨拶もそこそこに通帳と印鑑のはいった段ボールをもって、おれは街宣車にのりこんだ。最後にディスプレイで確認したＭＢＡの株価は二十ドル台ぎりぎりをつけていた。

おれたちは上野公園と町屋の簡易宿泊施設を、その朝五回往復した。ホームレスの男たち百人をドヤに移送し、朝風呂にいれる。男たちは垢とひげを落とし、なんとか見られる程度に整髪すると、古着部屋にいって思いおもいの服を身につけた。三畳ほどの部屋は人よりすこしでもいい服を手にいれようと大混雑だった。辰美の手下につき添われた男たちは、街宣車のなかで通帳と印鑑を受け取った。おれは名簿と照らしあわせ、ひとりひとりビニール袋を手渡してやった。全員の準備が済んだのは、午前九時すぎだ。

おれは運転席の横の定位置に座る辰美に声をかけた。

「まだ時間があるから、ちょっと小塚さんのところに顔をだしてきます」

「おう」

辰美は腹に響く返事をすると、読みかけのスポーツ新聞に戻った。フィリップ・トルシエという名のフランス人が、新監督としてサッカーの日本代表チームと初練習をおこなったと囲み記事にはあった。

おれは小走りで屋敷に戻った。徹夜明けだが身体も足も軽々と動いた。尾竹橋通りはちょうど朝のラッシュアワーで、都心へむかう片側の車線だけ渋滞が起きていた。商店街はまだ眠っているようで、ほとんどの店がシャッターをおろし静かなものだった。空気の冷たい朝で、高い空には薄紙のように空の青さを透かす秋の雲が浮かんでいた。町の様子はいつもとまったく変わらないのどかさだった。

　こんな町で果たしてほんとうに取りつけ騒動のパニックなど引き起こせるのだろうか、ニューヨークと東京は別世界だ。老人の計画に不安を感じ始めたころ、屋敷の落ち着いた外観が見えてきた。外側ではなく内側にだけ金をかけた魔術師の家だ。挨拶しながら玄関をあがり、まっさきにディーリングルームに顔をだした。薄暗い部屋のなかではめずらしくテレビがつけられ、がちゃがちゃとうるさい朝のワイドショーが流れていた。小塚老人はおれを見ると軽くうなずいた。

「MBAの株価はいくらで引けましたか」

「15¾ドル」

　小塚老人はうれしくもなさそうにいった。まつばの現地法人は一日で六割を超える大暴落を演じたのだ。おれはその場で飛びあがりそうになった。

「そんなことよりこれを見なさい。どのチャンネルでも主婦むけのこの時間にさえ、緊急ニュースをはさんでいる」

　おれはジジイの横にひざまずいて、十四インチのテレビをのぞきこんだ。司会者がひと言いって、画面はニューススタジオの女性アナウンサーに切り替わる。

「まつば銀行が百パーセント出資するまつば・バンク・アメリカで、ロシア債デリバティブの失敗により、四千億円の損失がでたことが発表されました。株価はニューヨーク市場で取り引き開始直後から暴落、一日で六十パーセントを超える大幅な下げを記録しています。まつば銀行ではデリバティブ失敗のニュースを否定していますが、大蔵省と証券取引等監視委員会では、事実関係を調査するため、職員を早急に現地に派遣する予定です。現在国会で審議中の早期健全化法案への影響も、避けられない見とおしになりそうです」

画面が再び朝のワイドショーに戻された。鋭い毒舌のファッションチェックで主婦に人気のデザイナーが、海外マーケットの変調にどうコメントしていいか困惑していた。司会者がかん高い声ですかさずいった。

「巨額の税金を投入してるんだから、日本の銀行にはもっとがんばってもらわなきゃ、国民はみんな納得しませんよ。だいたい銀行員の給料は高すぎる！」

サラダオイルの宣伝になったところで、小塚老人はリモコンで音声を消した。おれは興奮を抑えていった。

「小塚さんの狙いがわかりました。なぜ、まつば銀行本体でなく、子会社のＭＢＡを狙ったのか。これだけ世界が狭くなっても、まだアメリカと日本にはタイムラグがある。微妙な問題ではニュースの真偽を確かめるだけで、数日はかかってしまうでしょう。しかも、真偽にかかわらず、市場で株価が下がったことは事実として瞬時に日本に伝わってしまう。これくらいの大暴落だと、巨額損失よりも株価の下げのほうがニュースバリューはでかいでしょう。いい調子じゃないですか」

小塚老人は椅子をまわし、開いたばかりの東京マーケットのディスプレイにむき直った。おれも自分の席に戻り、まつば銀行の株価を確認した。

161円ウリ

売り気配でマイナス九円、すでにネット爆弾の最初の効果はでているようだった。小塚老人のニセ情報はネタ選びも絶妙だった。日本でもロシア債では九月初めに野村證券が三億五千万ドルの損失を発表していた。こちらの市場でも連想が働きやすい状況にあったのだ。一万三千円割れと市況も最悪の時期にあたっている。

おれは賞賛の気もちをこめて、ジジイを見た。小塚老人の背は子ども用のベッドほどある黒いデスクのむこうですっきりと伸びている。総攻撃の初日は番手の細い綿の白いシャツに黒のネクタイを締めていた。ネクタイというのは、締める人間が締めると不思議と見事なノットを結ぶものだ。小塚老人の結び目はふっくらとやわらかそうだが、一日の激務のあとでも決して崩れなかった。おれは少々ハイになっていた。

「つぎはどうします。なんだってやりますよ」

小塚老人はばつが悪そうにいった。

「被害者の会の有志に頼んで今朝から、町に噂を流してもらっている。アメリカ子会社の赤字は日本のまつば銀行本体の損失の飛ばしで、額も倍以上の一兆円を超える。大蔵の指導がはいり、しばらく銀行は業務停止になるかもしれない」

おれは思わず笑っていた。あの程度の損失で、日本有数の大銀行の屋台骨が揺らいだり、金融市場の安定を重要視する大蔵省が直接介入するはずがなかった。しかし、銀行がドブとバカにして呼ぶ町の小口預金者たちのほとんどには、経済のメカニズムに関する知識などないだろう。ワイドショーで悪いニュースを見たあとで、近所の知りあいから「まつば銀行は危ない」ときけば、本気にする可能性が高かった。

小塚老人の計画は情報が他者に伝わるときに発生する時差と誤差を、精密に計算して組み立てられているようだった。人差し指一本で始まった情報爆弾は、等比級数的にエネルギーと規模を拡大して、周辺につぎつぎと衝撃を及ぼしていく。おれはBS東京テレビの記者の日焼けした笑顔を思いだして、背筋が冷たくなった。

日本の銀行がすでに瀕死の状態にあることを誰でも知っている。まつば銀行町屋駅前支店で取りつけ騒動のパニックが起こったとき、日本中のメディアはそれをどんなふうに報道するのだろうか。

おれは拓銀や山一が破綻した九七年初冬の報道について、ネットのなかを急いでサーチした。

¥

十二時十五分まえ、おれたちはまつば銀行と道をへだてる喫茶店に移動していた。おれはアイスコーヒー、ジジイはのみもしないブルーマウンテンを頼んでいる。香りだけ楽しむのだそうだ。おれたちが座っていたのはまつば銀行を見おろす二階窓際の席で、これから始まるショーを見物するには最高のポジションだった。

放置自転車が金属の虫のように密集する銀行まえの歩道には、いくつか人の固まりができていた。主婦や商店主に見える人物が、なにか話しながら町屋駅前支店の自動ドアのほうを不安げに見つめている。おれたちが仕込んだサクラでも、葬式で見かけた被害者の会のメンバーでもないようだった。

テーブルのうえにはノートブックパソコンが開かれていた。モデムカードをPHSにつなぎ、屋外でもインターネットにつながるように設定してある。呼びだしている画面は、東証一部のまつば銀行株価のチャートだった。平均株価は寄りつき後なんとか一万三千円台を回復していたが、まつば銀行は売り気配のまま値がついていなかった。

自動ドアが開いて、栗山記者がやってきた。今回はジーンズではなくスーツ姿で、おれたちを認めると右手をあげて爽やかな笑顔を見せた。となりに腰をおろしたテレビ記者におれはいった。

「九七年にも全国で取りつけ騒動が続発していますね。あのときは新聞もテレビも自己規制して、まったくニュースにしなかった。今回はいったいどうやってオンエアさせるつもりなんですか」

栗山は届けられたアイスコーヒーをひと息で半分ほどのみほすと、にやりと歯を見せて笑った。

「あのときもいい絵はたくさん撮れた。現場ではみな使いたがっていたが、上の判断で泣くなくお蔵いりにしたんだ。まつばの話も正規のニュースで流すのは困難だろう。しかしぼくは今日東京ローカルニュースの息抜きコーナー――『わが町便り』というんだが――のレポートをするためにたまたま町屋にやってきた」

栗山記者はそこでいったん言葉を切って、いたずら仲間の顔を確認するようにおれと小塚老人を見た。

「そこで生中継の最中に偶然激しい取りつけ騒ぎをレポートすることになる。このコーナーは上のチェックが甘いんだ。ニュースというものは、一度公開されるとそれ自体の命をもつ。朝のまつば・バンク・アメリカのニュースの続報を誰もが待っているときに、ぼくたちのスクープが流される。視聴者はパニックが大好きなのさ。飛行機事故、列車事故、ビル火災、誰かが死ぬ場面を世界中のテレビ局が繰り返し放送している。うちの親会社のキー局だって、マスターテープを借りに飛んでくるだろう。まつば銀行は今一番のホットなニュースで、どこかのおっちょこちょいが間違って、報道してはならないものをオンエアしてしまった。それならうちもいいだろうと、どの報道機関も考える。今日はBS東京のカメラ一台だが、明日はまつば銀行のまえにいくつのカメラが並ぶか楽しみだ」

おれは黒い御影石《みかげいし》張りの建物を見つめた。あの箱のなかで町屋駅前支店の行員たちは、なにも知らずに日常業務をこなしているのだろう。彼らの不運は悪いときに悪い銀行の悪い支店に勤めていたということに尽きる。なにせ、バブルのころ融資つき変額保険を売りまくった人間はすでに別の支店に異動しているのだ。

おれは尾竹橋通りの先に目をやった。町屋斎場に通じる道の角を曲がって続々と、ホームレスのサクラがまつば銀行を目指していた。気がついてみると、どの横断歩道や信号にもただならぬ表情の人間がつめかけていた。アスファルトの割目から人が突然あふれだしたようだった。すでにまつば銀行まえの歩道は、さまざまな年齢の男女でいっぱいになっている。小塚老人がいった。

「間もなく正午だ。栗山さん、白戸くん、よろしく頼む」

おれは椅子の横においた小振りのクラッチバッグをテーブルにのせた。なかから家庭用のデジタルビデオを取りだし、何度目かのバッテリーとテープのチェックをする。カメラには直径二ミリほどのCCDカメラが接続されていた。おれの手つきを見て、栗山はうれしげな顔をした。

「だいぶ慣れたみたいだな。ぼくがでてから、十分待って白戸くんもきてくれ。銀行内部の絵はきみにまかせる。この町の人たちがどれほどまつば銀行に不信をもっているか。狙いは生の人間の感情だ。頼むぞ」

古くさいVサインをして栗山は席を立った。さっさとテーブルを縫って、出口に消えてしまう。おれも危うくVサインを返しそうになった。

¥

まつば銀行のまえにはBS東京テレビの中継車がハザードを点滅させ駐車していた。放置自転車を何台かよけて、カメラマンがビデオカメラの三脚を設置する。栗山のいう通り最小限のクルーのようだった。カメラマンと照明と音声の各スタッフが一名ずつ、セッティングを終えてレポーターがくるのを待っている。

栗山の背中が三叉路《さんさろ》の横断歩道に見えた。周囲をびっしりと固めるのは主婦と老人たちだった。先頭の一列は信号が青に変わると、まつば銀行目指して我慢できぬように走りだした。栗山は早足で歩いていく。小塚老人の冷静な声がきこえた。

「始まったようだな。仕込みには長い時間がかかるが、実際はあっけないものだ」

おれはまつば銀行の出入り口を観察していた。緑のロゴマークが刷られた自動ドアはずいぶんまえから、開きっ放しになっている。支店まえにだんご状に固まった取りつけ客は、いっこうにすすまない順番に苛立ちを隠せないようだった。まえの人間の肩越しに背伸びして行内をのぞきこんでいる。

出入り口からひとりの男が走りでてきた。通夜で見かけた副支店長の野田恒夫だった。歩道をあふれる群衆を驚きの目で見てから、すぐとなりにある千代田線町屋駅まえの交番目がけて走りだした。取りつけ客の交通整理でも頼もうというのだろう。

おれは録画スイッチをいれたデジタルビデオをクラッチバッグにそっといれると、小塚老人にうなずいて喫茶店をでた。

¥

カラフルなパステルトーンの敷石が張られた歩道におりた。撮影をしていると、いつもより視界が広がりクリアになった気がする。普段なら見すごしてしまう細部まで、はっきりと意識が届くのだ。町の様子は三十分まえとは明らかに豹変《ひょうへん》していた。通行人や子どもたちでさえ、まつば銀行を取り巻く取りつけ客を不安げな様子で見ていた。八百屋とおもちゃ屋の主人があわててシャッターをおろしている。店を閉めて一刻も早く虎の子の通帳をもち、まつば銀行に駆けつけたいのだろう。

おれは通行人の振りをして町屋駅前支店から尾竹橋通り沿いに伸びる列を横目にすぎていった。ＢＳ東京テレビの中継車のうしろには、パトカーが回転灯をつけたまま駐車され、銀行まえには若い警察官が表情を硬くして立っていた。

出入り口付近の歩道で栗山がライティングのテストをおこなっていた。目があっても知らん顔をしている。おれは小脇に抱えたクラッチバッグの位置を変えて、ふたりずつ並んだ取りつけ客の列を録画していった。性格も年齢も預金高もばらばらだが、取りつけ客は決して怒っているわけではないようだった。暴力的な雰囲気もない。おれは列の最後尾につくために、ゆっくりと人々の顔を撮りながら歩道を歩いていった。左手には放置自転車の波、右手には表情のない取りつけ客の顔がどこまでも続いている。頭上は土ぼこりを薄くかぶったアルミのアーケードだった。支柱にはプラスチックの造花が色鮮やかな安っぽさでぶら下がっている。電信柱につけられたメガホンからは、懐かしのポップスが降り注いでいた。そのときはホール＆オーツ初期のヒット曲『リッチ・ガール』だ。

おれは金物屋の角を曲がり、百数十メートルほど歩いて列の最後に並んだ。サマースーツの内ポケットにはもちろん通帳と印鑑がはいっている。サクラ用に準備した偽ものではなく、おれ自身の普通預金口座だった。余裕資金はすべてまつば銀行の空売りにのせているので残金はわずかだが、もちろん一銭残らず引きだすつもりだった。

じりじりとしか動かない列のうしろでおれは考えていた。この取りつけ客の顔と同じ表情を最近どこかで見たことがある。列が二十メートルほどすすみ、いきつけの牛丼屋をすぎたころ、おれはようやく思いだした。

預金口座を解約しようと集まった人たちは、自殺した老女の通夜にいた被害者の会の老人たちと同じ表情をしていた。たいていの人は怒っても悲しんでもいなかった。ただ信じていたものに裏切られた人間の顔をしていたのだ。

¥

三十分以上並んでようやく支店のまえまでやってきた。普段なら平日の午後はキャッシュディスペンサーでさえめったに並ぶことのない閑散とした支店だ。おれはバッテリーとテープの残量が心配でたまらなかった。九十分の録画ができるはずなのだが、突然液晶画面の電池マークが半分になり、それからすぐに録画が不可能になることがあったからだ。取りつけ客の列を破って、現金輸送車が銀行裏手に消えていった。たくさんの視線が恨めしそうに窓のないヴァンを追っていた。銀行の自動ドアの横には、警察官とおれの知らない行員が立っていた。

「たいへん長らくお待たせして申しわけありません。必ず払い戻しはいたしますから、もうしばらくご辛抱ください。ご心配をおかけしますが、まつば銀行は絶対にだいじょうぶです。ご安心ください。まつば銀行は絶対にだいじょうぶです」

声をからして中年の行員が叫んでいた。おれのうしろからひとり言のような声が飛ぶ。

「ほんとうにだいじょうぶなの。まだわたしたちに隠してることあるんでしょう」

四十すぎの妙にぴちぴちのスパッツをはいたおばちゃんだった。日本の銀行は正しい情報を顧客に伝えていないと市民から見なされている。信頼関係が損なわれていると、肝心なときに正しい情報を伝えても無意味なのだった。おれは三段ほどのステップをあがり、支店内にはいった。

フロアはタバコの煙でかすんでいた。誰もが手に整理番号が打たれた紙切れをもち、所在なげにしている。八脚ある三人掛けのソファはすべて埋まり、アクリルのマガジンスタンドには一冊の雑誌も残っていなかった。被害者の会の老人たちは、フロアや通路の隅に固まって座りこんでいた。カウンターのむこうでは、一様に顔をこわばらせた行員が客の対応に追われている。ニュースフィルムで観た第一次大戦の野戦病院のような雰囲気だった。果てのない塹壕《ざんごう》戦が続き、いくら手あてをしても負傷者があとからあとから押しかけてくるのだ。おれのビデオカメラはゆっくりとなめるように、その場の空気を収めていく。

おれは整理券を取って、横手の通路にでた。壁際にもたれたり座ったり、ここにも別な取りつけ客の姿があった。関根が描いた地図を思いだして通路をすすみ、ステップに腰かける人の背をよけながら階段をおりた。おれは地下室に押しこめられた客の姿も収録しようと思っていた。

「てめえら、なにやってやがんだ、この野郎」

そのとき階段の下のほうから突き抜けるような罵声《ばせい》がきこえた。

¥

おれはビデオカメラいりのクラッチバッグを抱えて、階段を駆けおりた。あちこちに人のたまりができている青い塗装の地下通路をすぎて、開いたままの防火扉から顔をいれた。なかはPタイル張りの会議室だった。机は片づけられ、壁際にパイプ椅子が並んでいる。中央では数人の老人がまだ若い銀行員をつるしあげていた。みな変額保険の被害者の会で顔を見かけた人たちだった。

「一時間も待たせて、払い戻しができないとは、どういうこった」

歯切れのいい下町言葉がメタルフレームのメガネをかけた行員に飛んだ。

「ですから、申しわけありませんが、末次さんの口座は当行で差し押さえになっておりまして、自由に預金をお引きだしにはなれないんです」

「それじゃ、うちの孫の預金はなんで解約できねえんだ」

「印影が照合不能ですと、なんともいたしかねます」

別な老人が銀行員の肩に手をかけて叫んだ。

「慈眼寺裏の中道さんは首くってんだぞ。立派な大学でて、しゃれたネクタイなぞ締めやがって、おまえらのやってることはとりこみ詐欺といっしょじゃねえか。人殺し、こそ泥」

怒りの熱量が人を呼ぶようだった。通路の奥からも会議室に取りつけ客が押し寄せてきた。熱気で地下室の空気は揺らめき、先ほどまではゆとりのあった空間は誰かとふれあわなければ立っていられないほどの混雑になった。

行員は携帯電話を抜いて応援を呼んだ。しばらくして別の行員が警察官といっしょに会議室にあらわれる。中年の警官は老人たちから事情をきき、なんとかなだめようとしていた。老人たちの怒りはなかなか収まらなかった。逆にこいつらをしょっぴけと警官に詰めよっている。

若い銀行員はメガネを取って涙をぬぐった。つるしあげられた恐怖よりも、自分が勤める銀行へのふがいなさに流した涙であることは、横で見ていただけのおれでさえよくわかった。

¥

窓口が閉まる三時直前に、おれはなんとか預金口座からすべての金を引きだすことができた。録画済みのビデオカメラは外で待つ栗山記者にバッグごと手渡している。おれは支店のフロアで順番待ちするあいだ、携帯電話でまつば銀行の終値を確認していた。

144円

前日が百七十円だったから、たった一日で十五パーセント以上値を下げたことになる。おれは足取りも軽く小塚老人の屋敷に戻った。おれとジジイは東京市場が閉まったあとも、ディーリングルームのテレビに張りついた。

町屋駅前支店の取りつけ騒動を放送したのは、午後一時すぎの段階ではBS東京テレビ一社だった。視聴者からの反響にあわてたようで三時のニュースでも、栗山記者の緊急レポートが流されている。取りつけ客は約六百人にのぼったそうだ。そこから先はテレビ記者のいうとおりの展開になった。

午後五時から始まる帯のニュース番組で、BS東京の親会社であるIBSテレビが、スクープ扱いで全国放送に踏み切った。おれが取った不鮮明でよく揺れる行内の絵は高画質なニュース映像のなかで異様に生々しく見えた。泣いている銀行員と警官にくってかかる老人たち、傷つけられた表情で黙々と行列をつくる取りつけ客、素材が抜群なのだからあたりまえだ。

そのあとの展開は雪崩《なだれ》を打った勢いだった。夜十時以降のニュース番組では、在京キー局のすべてが、なんらかの形で町屋の取りつけ騒動をオンエアしていた。

おれはその日も小塚老人の屋敷に泊まりこんだ。深夜に開くニューヨーク市場のＭＢＡの値動きが気になったし、神経が立っていて自分の部屋に戻っても眠れそうになかった。ディスプレイとコンピュータ本体の発熱で、ほのかにあたたかな床のうえで寝袋にくるまったほうが、わずかとはいえまだ仮眠できるのだ。

ちなみに二日目のまつば・バンク・アメリカの株価は、情報爆弾が破裂するまえの二割安の三十六ドルまで値を戻した。もっともＭＢＡのニュースなど、とうに役割を終えた三段式ロケットの初段のようなものだ。火種はすでに日本のまつば銀行本体に燃え移っている。切り離された燃え残りがいくら値を戻そうと、おれたちのディールにはすでに無関係だった。

¥

今回の取りつけ騒動を仕掛けたおれたちにすれば、作戦の成否はすべて一日目にかかっていた。だが、町屋に住む預金者の多くや全国のテレビ視聴者には、二日目からが逆に本番だった。

おれは前日に続き早朝から辰美と残りのサクラ百人を動員したが、その必要はすでに疑わしかった。都バスや営団地下鉄が動きだす午前五時すぎから、町屋駅前支店には長い行列ができていたのだ。テレビ報道の威力は凄まじかった。銀行まえの歩道の自転車はきれいに片づけられ、報道陣はチョークで割られたスペースのなか、お互いの領分を侵さないように十数台のカメラを設置していた。どこかのモーニングショーのレポーターがごていねいにかぞえた取りつけ客の人数は、開店時に二千人を超えていたそうだ。

ニュースでは下町を中心にまつば銀行の各支店に取りつけ客が押し寄せていると報道されていた。特に千代田線沿線におおきな動きが見られ、西日暮里・北千住・綾瀬・松戸では町屋と同じように、開店まえから列をつくる取りつけ客の姿が確認されている。

小塚老人はこれですべてのカードを切った。あとはまつば銀行本体の株価が、取りつけ騒動でどこまで下落するかが焦点だった。荒っぽい手段を少々使用したとはいえ、ようやく本業である投資家の業務に戻るのだ。

おれたちのディールはその時点では申し分ない成功を収めていたが、売ったものは買い戻さなければ利益は確定しない。

落とし穴は予期せぬところからやってきた。おかげでおれと小塚老人は一日中胃の痛い水曜日をすごすことになる。

¥

総攻撃の二日目、東京マーケットは大荒れの展開になった。それもおれたちに有利な下げの波がきたのではなく、一方的な暴騰を演じたのだ。上げ相場の原動力は外国人投資家だった。今国会で金融機関の早期健全化法が成立する見とおしを受けて、彼らは株価先物指数の売りポジションを解消する動きにでたのだ。当然裁定取り引きによる現物買いがふくらみ、日経平均採用の全銘柄に一件あたり三十万株近い買いの手がはいった。

一万三千百円で始まった平均株価は、市場が開いているあいだ一貫して上げ続け、大引けでついにその日の最高値をつけた。上昇率は六パーセントを超え、八百円以上の上げ幅は今年になって二番目の記録だった。

外国為替市場でも急速な円買いが進行していた。週初の一ドル百三十五円から、この日は欧米市場で一時百二十二円まで値を上げている。こちらも原因はアメリカのヘッジファンドで、ロシアや南米など新興市場で生じた損失を穴埋めするために、ドルの買いもち分を整理したのだ。日本の機関投資家もこの動きに追随した。保有外債の目減りを防ぐために、先物のドルを大量に売ったのである。

市場全体の急激な上げ潮は、おれたちが仕掛けたまつば銀行への攻撃を無力化しかねない勢いだった。東京マーケットでは全般に買い安心感が広がり、なかでも銀行株は値を飛ばしていた。もちろんまつば銀行だって黙ってなぐられていたわけではない。

午前九時から大蔵省の会見場に上岡尚盛《かみおかひさもり》頭取が足を運び、緊急の記者会見が開かれた。上岡頭取の右手には金融監督庁長官が、左手には日銀総裁が並び、国をあげての支援という絶対の安心感がテレビむけに演出されていた。長官はまつば銀行の業務内容が他の大手都銀と比較して遜色《そんしょく》ないものと太鼓判を押し、日銀総裁は依頼があればいつでも緊急融資に応じると明言した。子会社のMBAでは連邦捜査局に偽のネット情報に関する徹底的な調査を依頼するそうだ。上岡頭取が最後にいった言葉は、前日に町屋駅前支店の行員が叫んでいたのとまったく同じで、おれはニュースを見ながらちょっと笑ってしまった。

「まつば銀行は絶対にだいじょうぶです。ご安心ください」

¥

肝心の株価はこの日じりじりと値を下げていたが、小塚老人とおれが期待していたほどではなかった。終値はつぎのとおりだ。

119円

他の都銀が値を飛ばすなか、前日比で二十五円も下げれば暴落といってもいいのだろうが、すべての手を使い切り、どれもが計算以上のインパクトをもたらした割には、市場の反応はいたって鈍かった。テレビのニュースではどこでも一時間おきに、取りつけと頭取の記者会見を抱きあわせで放送していたのである。まつば銀行の騒動は謎めいた発端とともに、新聞社会面では格好の素材だった。ディスプレイを見つめる小塚老人の声にはかすかないら立ちが感じられた。

「下げはここまでか……白戸くん、きみはどう思う」

おれはディスプレイに映る経済指標をサーチしていた。取りつけ騒動のインパクトは急速に減衰していくだろう。そうなると問題は、明日も市場の上げ潮が続くかどうかにかかっていた。このまま急激に平均株価が上昇するようなら、まつば銀行の悪材料は上げ波にのまれていくだろう。マーケットに流れる情報は、五十パーセントのプラスと五十パーセントのマイナス材料で、最終的にはプラスマイナスゼロの均衡点にむかう。要するにいい情報もあれば、悪い情報もあるという平凡な話になる。

「わかりません。外国人投資家の動きが焦点ですが、誰も先は読めないでしょう」

小塚老人はじっとディーリングルームの宙を見てから、伸びをした。

「考えてもわからないものはわからない。どうだ、今夜もうなぎでもつきあわないか。なにもしないのも相場というからな」

そこでおれたちはまた尾竹橋通りのうなぎ屋にいった。日本酒をのんで白焼きをつついているうちに、ひどく眠くなってしまったが、ジジイの昔話をきいているとなんだかおれはいい気分になってきた。酔ったわけではない。おれのなかの値動き感覚が、心地いいサインを送っているのだ。経済指標のあれこれや経済学者の未来予測より、この「感じ」のほうが遥かに正解率は高かった。おれはジジイにいった。

「理由はありませんけれど、きっと明日はだいじょうぶです。なんだかマーケットのいい匂いがしてきました」

おれはうなぎの焼ける香りを吸う仕草をした。そうか、それはよかったといって小塚老人は顔をほころばせ、店の年寄りに新しい銚子を注文した。

¥

半年のあいだくる日もくる日も数字の波を見続けたごほうびだろうか、木曜日のマーケットはおれの予想どおりの展開になった。朝方から前日の急騰を受けて目先筋の売りがふくらみ、市場は急反落した。後場にはいると外国人投資家や証券会社の自己売買部門から断続的な売りがでて、平均株価は上昇分をきれいに払い戻している。終値は七百九十九円安、今年一番の下げ幅だった。

円は一時ヨーロッパで百十一円をつけるなど乱高下し、変動相場制移行後最大の振れ幅を記録した。おれは値動きのあまりの激しさに背筋が寒くなった。為替のディーリングをやっている会社のいくつかは、間違いなくこの津波にのまれてマーケットの藻屑《もくず》と消えたことだろう。急激な円高により輸出関連の主力株も値を消していった。

東証では銀行株が売りこまれ、前日のメッキはきれいにはがれ落ちた。当然悪材料満載のまつば銀行株が無事だったはずがない。午後の寄りつきであっさりと百円台を割りこみ、終値は二桁で引けている。

98円

おれなら飛びついて買い戻してしまうだろうが、小塚老人は最後で二枚腰を見せた。市場が閉まったあとでおれにいった。

「あわてることはない。決着は明日だ。マーケットは大底で急騰と急落を繰り返し、新しいトレンドを探っている。来週になれば落ち着いてしまうだろうが、明日もう一度チャンスがある。今日は帰ってゆっくりと休みなさい」

おれは夕方明るいうちに屋敷を離れ、三日ぶりに自分の部屋に帰った。シャワーを浴びて眠りに就くまえ、保坂遥の短縮番号を押した。応答は留守番サービスの声だった。おれはメッセージを残さずに通話を切った。

¥

記念すべき十月九日は快晴だった。正午には気温二十六度の夏日を記録している。乾いた風がアーケードの造花を揺らす朝、おれはお気にいりのサマースーツ（保坂遥との最初のデートで着ていったベージュ）で、小塚老人のもとにむかった。

長く続いた「秋のディール」も終わりに近づいていた。おれが得る報酬は同世代の会社員の給与何年分になるのだろうか。それもその日のうちにはっきりとするはずだった。

ディーリングルームでは黒のカシミアのカーディガンを羽織った小塚老人が、緊張した面もちで仕事にかかっていた。おれは元気よく挨拶すると自分の机にむかい、ルーズリーフのノートに前日のまつば銀行の株価を写した。春先から続いている朝の習慣で、新聞の経済欄を読み、値動きをノートにつけないと一日が始まった気がしないのだ。

作業を終えて、ディスプレイのまえに移動した。東証の寄りつきは一万二千九百円と再び一万三千円の大台を割ってスタートしていた。おれと小塚老人は無言で画面を見つめた。しかし、午前十時まえには市場は反転して一万三千円を回復、三百円近く値を戻してしまった。

まつば銀行は百円近辺をうろうろして、上がろうか下がろうか株価自身が迷っているような展開だった。

小塚老人は新しいコーヒーをいれて、おれにいった。

「勝負は午後にもち越しだな。こちらにきて、すこし休みなさい」

おれはマーケットに変化があればすぐにわかるようノートブックパソコンをもって、ソファに移った。小塚老人は目を細め、コーヒーの香りを楽しんでいる。毎日見ているので気づかなかったのだが、しわだらけの顔はひとまわりやせて縮んだようだった。平然としてはいるが、神経をすり減らす日々だったのだろう。魔術師は何度か目をしばたいて、おれを見つめた。

「今度のディールが終われば、わたしたちのコンビも解散だ。最後にひとつだけ、きみに言葉を贈ろう。いいかな」

あらたまってそんなことをいうのは、人の悪いジジイらしくなかった。おれは神妙にうなずいた。

「日本人は金をうしろ暗いもの、汚いものと考える傾向がある。金で金を生むのは汗をかかない最低の仕事だと見なしている。そろそろわたしたちはつぎの段階にすすむ必要があるのではないだろうか」

いきなりおおきな構えの話から始まった。おれは液晶画面をちらりと見て、まつば銀行の値動きに変化がないのを確認すると、老人の話に神経を集中させた。

「もう貧しい振りも、無知な庶民である振りも通用しない時代がきている。年間一千万人が海外に渡航し、個人の金融資産が千四百兆円もあるのでは、世界にいいわけは通用しないのだ。わたしはときどき政府の人間はなにを考えているのかと不思議に思うことがある。きみは日本のGDPの額は知っているな」

おれはうなずいて五百兆円といった。中学二年生程度の質問だ。

「フローは五百兆円、奇跡的にさまざまな経済対策で年率三パーセントの経済成長をなしとげても、拡大する総需要は十五兆円にすぎない。対して日本の総資産は、統計の数字はいろいろだが、すくなく見積もって約八千兆円に達する。GDPの十六倍以上だ。わたしたちはこのストックの運用成績を年に一パーセント上げるだけで、新たに八十兆円の富を生むことができる」

確かにジジイのいうとおりだった。それだけあれば、もう一年分国家予算を組める。小塚老人の声は残念そうだった。

「わたしたちの時代はもう坂本龍馬や高杉晋作を生まないだろう。本田宗一郎や松下幸之助さえ期待できないかもしれない。時代が変わったのだ。一国の盛衰を担う波がいくつもすぎていった。これからは青雲のロマンも、働き盛りの成長も望めない。明治の傑物どころか、昭和の勤勉な偉人さえ、新しい時代のモデルにはならない」

コーヒーでのどを湿らせ、魔術師は話を続けた。

「別に金をもつことは恥ではない。日本のストック八千兆円は、戦後半世紀かけてこつこつと積みあげられた大切な資産だ。それはわたしたちの世代から、きみたちの世代に受け継がれていくだろう。きみたちにはその資産をより豊かに育て、つぎの世代に受け渡す責任がある。欧米諸国では最優秀の人材を投入して、熱心に殖産に励んでいる。金融に関する技術は成熟した国――あるいは盛りをすぎた国でもいいが――には欠かせないものだ。昨日まで田植えをしていました、工場でねじの締めつけトルクを管理していましたと新参者の振りをして、巨額の資金をもって怯《おび》えているのでは、世界中の金融機関から狙い撃ちにされるのがおちだろう。わたしは若い世代の数パーセントが、単なる投資の取り次ぎ業務でなく、自分自身でリスクを負ってマーケットの荒波にのりだしていくといいと考えている。生き残る人間がそのさらに数分の一でも、彼らは自らの利益とこの国の富を殖《ふ》やすための貴重な戦力になるだろう」

小塚老人はひと息いれると、じっとおれを見つめた。黒いガラス玉のような目の奥に揺れることのない光りの核があった。

「わたしはきみにすべてを教えた。きみはこれから世界のマーケットを相手に闘うことだろう。刀や大砲や戦艦ではなく、通貨や株や債券を扱うのでは、きみの未来のストーリーは龍馬のように華々しくはならないかもしれない。だが、わたしはきみに期待している。市場という新しいフロンティアは目前に拓《ひら》けている。予測不能の波をのりこなし、この国の富を守り育むひとりの自由な兵士になるといい」

きっとおれは寝不足で疲れていたのだ。目のなかで小塚老人が丸くふくらみ、ゆらゆらと揺れ動いたのだから。おれはなんとか涙を落とさないようにするのに必死だった。ジジイの目にも薄く涙がたまっているのがわかった。

「わたしは子をもたなかった。しかし、人生でなにより重要だった市場の仕事を、きみに伝えることができた。優秀な生徒に満足している。ひとりになれば、きみにはつらいことがこれから待っているかもしれない。けれども、なにがあっても腐ってはいけない。今日という日を決して忘れないように。きみが諦めなければ、明日も必ず世界のどこかで市場は開いている」

まるで遺言のようだった。おれはこのディールが終わったあとで、小塚老人がなにをするのか急に心配になった。

「さて、わたしたちも市場に戻ろう。まつば銀行にとどめを刺すのだ」

それで、おれは透過光がまばゆい四角い画面のフロンティアにむかった。まつば銀行の午前の引け値は前日より十円近く安くなっている。

89円

¥

九日午後のマーケットは開始直後から、平均株価は前日の終値を下まわっていた。午前中の上げ波は去り、するすると値が下がっていく。高校の数学で習ったサイン波のような形だ。二時三十五分、東証一部はその日の最安値一万二千七百八十七円をつけた。もうめずらしいニュースではないが、再びバブル崩壊後の最安値を更新したのである。

市場全体の動きにあわせるように、まつば銀行の株価も下げ足を速めていった。小塚老人が買い注文を出したのは、間もなく市場が閉まる二時四十分だった。電話がつながるのを待つあいだ、老人はじっとおれを見ていた。相手がでると、なにかひと言告げる。魔術師の顔には興奮も快哉《かいさい》もなかった。平然といつもの手仕舞いを告げただけ。だが、おれには長かった「秋のディール」が、その時点で終了したのがわかった。マーケットの物語には、見えすいたクライマックスなどない。あとはいくらで買い戻せるか、価格の問題があるだけだ。

小塚老人は自分の資金で四百万株の空売りをかけ、裏の世界からかき集めた金でその三倍にあたる一千二百万株売りのせしている。そのころまつば銀行の一日の出来高は平均して八百万株程度、市場が閉まる直前の一千六百万株という大量の買い注文は、かなりのインパクトを与えるはずだった。
おれは息を殺してディスプレイを見つめていた。まつば銀行の株価は身じろぎもせずに画面で光っている。
77円
この数字がおれたちの買い戻しでいくらまで上がるのか。心臓がゆっくり脈打つ。つぎの瞬間、株価はまたたいて取り引き成立を告げた。再びともった数字を見て、おれは叫び声をあげそうになった。
77円
一円も値を上げずに、まったく同じ数字が映っている。一千六百万株は砂漠がコップの水を吸うようにあっさりと市場で消化され、取り引きが終了した。まるでどこかの証券会社が同じ値段でクロス商いを振ったようだった。小塚老人の売り値の平均値は二百十円近辺、買い戻しの株価が七十七円で、差額は百三十三円。おれはあわてて電卓をたたいた。四百万株なら、利益は約五億三千万円だ。もちろんおれは小塚老人が裏の資金から何十パーセントの手数料を取るのかは知らなかった。これほどの利益がでれば、折半でも相手は大喜びだろう。何事もないかのように、場帖《ばちょう》に成立したばかりの商いを記録する老人におれは声をかけた。
「やりましたね。おめでとうございます」

魔術師は片手を振って笑ってみせた。

「白戸くん、きみもご苦労さま。祝杯でもあげにいくか」

喜んでお供するといって、尾竹橋通りにでた。取りつけ客が消えて、手もちぶさたに警官が保守している町屋駅前支店のまえをとおった。おれは口笛でも吹いてやりたい気分だったが、小塚老人の目から憎しみの色は消えていなかった。

おれたちがのれんをくぐったのは、更科系のそば屋だった。のど越しのさらりとしたそばが、胃のなかで冷たいとぐろを巻く。町屋は下町で古くから栄えた町だから、安くてうまいものがいくらでもある。十月の夏日、商いを終えて明るいうちからのむ冷酒は、こたえられないうまさだった。

¥

そば屋のまえで別れて、おれは自分の部屋に戻った。土日の二日間はほとんどベッドのなかですごした。自分では気づかなかったが、かなりの緊張とストレスがおれにもあったのだろう。投資は楽な仕事ではない。

週明けにおれはいつものように、小塚老人の屋敷に顔をだした。午前中は普段通り新聞を読みこんだ。前日は相場が休みなので、書き写す株価はない。新聞ではおおきなニュースはふたつだけだった。公的資金枠六十兆円規模を確保して早期健全化法案が決着の見込み。あとはまつば銀行とZEキャピタルの業務提携を伝えるニュースだった。ZEはまつばの日本最大の支店網を利用し、投資信託の販売にのりだす計画。公開買いつけでまつば銀行株の十パーセントを取得する予定だという。おれは小塚老人にいった。

「なるほど、裏が読めました。ZEは将来の提携をにらんで、まつば銀行株を買い占めるつもりだった。そこに小塚さんがあらわれて、投資額を数分の一に圧縮するアイディアがあるともちかける。全面協力するのもあたりまえだ。株価が下がれば、ZEは何百億円という節約になる。小塚さんは個人的な復讐を遂げられる。関係者の利益は共通していた。見事なディールでした」

小塚老人は平然とおれの目を見ていった。

「そうかもしれない。事実がどうであるか、きみは知る必要がないが。わたしは明日から骨休めに三日、四日温泉にでもでかけようと思う。この家の留守番をしてもらえるかな」

いいですよと無邪気にいって、おれはもち場のディスプレイに戻った。それがおれが小塚老人を見る最後になるとは、そのときはまったく想像できなかった。

¥

三日たっても小塚老人は帰ってこなかった。連絡もない。週のなかばには、おれのまつば銀行投資分の儲けが、証券会社に入金した。老人からの秋のディールの報酬はまだだった。

おれの部屋に突然の訪問があったのは、金曜日の朝だった。六時半、眠っているとインターフォンが鳴った。

「白戸則道さん、いらっしゃいますか」

もの慣れた男の声だった。面倒だったがやけに早い宅配便かと思いドアを開けると、戸口のむこうに三人の男がすきまなく立ちふさがっていた。中央の安物のウインドブレーカーを着た小柄な男が、白い紙をおれにむけて開くといった。

「白戸だな。証券取引法違反で逮捕状がでている。何時だ」

右手に立つ男が腕時計を見た。

「午前六時三十五分」

「六時三十五分、逮捕」

パニックになると人間は細かなことばかり気にかかるようだった。刑事にいった最初の言葉は、「着替えてもいいですか」だった。おれは起き抜けのパジャマ姿だったのだ。刑事はうなずいて、身のまわりのものを手早く用意するといいといった。

おれは下着と靴下の替え、歯ブラシと電気ひげそり、携帯電話と財布とカード類を小振りのショルダーバッグに押しこんだ。

腰縄をつけられ白いワゴンにのって移送されたのは荒川警察署だった。おれはそれから二週間、警察署の留置場に泊まった。

¥

塀のなかのことについてはあまり話したくない。荒川警察署からつぎに移されたのは小《こ》菅《すげ》の東京拘置所で、そこには判決がでるまでの六カ月半いた。小塚老人とZEキャピタルについては話したが、辰美と保坂遥についておれはなにもいわなかった。辰美には出所後また世話になるかもしれないと思ったし、保坂遥はなんの代償もなく第三者割当の情報をくれたお礼だ。証言をすれば彼女はインサイダー情報の漏洩《ろうえい》で罪に問われる可能性が高かった。

おれは拘置所のひとり部屋で、毎日本を読んですごした。矯正図書には経済学関連の本は数すくなく、すぐに読み切ってしまったが、読むものがなくなれば冠婚葬祭のエチケット本でも結構読めるものだ。

ひとりで部屋のなかにいるあいだはまだよかった。最悪だったのは面会だ。

¥

分厚いアクリル板で仕切られた小部屋で父親と対面する。おれの右手にはノートを広げた職員が制服姿で座っていて、会話を漏れなく記録していた。おれたちはあたりさわりのない話しかできなかった。新潟からその日の朝できたという父親は、おれを勇気づけるためか懸命の笑顔を崩さなかった。刑務官が時間だといった。

「おれを信じてくれ。ここからでたらすべて話すから」

最後にそういって別れた。おれは部屋に戻り、ひとりで泣いた。父親も帰りの電車のなかで、きっと涙ぐんでいることだろう。

¥

ひと月ほどして、保坂遥が面会にやってきた。最初にデートしたときの黒いクロコダイルのレザースカートをはいていた。化粧もいつもよりはっきりとしているようだった。彼女は泣き笑いの表情でいった。

「ノリくん、だいじょうぶ？　わたし、まつば銀行を辞めた。ちょうどヘッドハンティングにあって、あんなことのあとだからいい機会だと思って」

「それはよかった。遥さんは銀行むいてなかったのかもしれない。つぎはどんな仕事ですか」

「ファイナンシャルプランナー、資産運用のアドバイスをする仕事。今度は被害者をだすほうじゃなくて、ちゃんとお年寄りの手助けができる」

おれは笑ってうなずいた。アクリル板のむこうではおれの笑顔はどんなふうに見えているのだろうか。

「なんていう会社なんですか」

「外資系のノンバンクで……」

思わずおれは低く叫んでいた。

「ZEキャピタル」

「ええ、その会社。どうしてわかるの」

好条件の職場でわずかでも事情を知る保坂遥を取りこんだのだろう。世界最大のノンバンクはやることにぬかりがなかった。裁判では風説の流布と取りつけ騒動について、ZEキャピタルの関与は証明されなかった。極東代表にケント・フクハラなどという人間はいない。小塚泰造なる老人は関知しない。日本の捜査当局と証券取引等監視委員会は、アメリカまでこの事件を拡大したくないようだった。小塚老人はすべての金をもったままどこかに消えてしまった。時期を同じくして老人ホームからは、波多野テルコも出所したそうだ。きっとジジイは入念に逃走の準備をしていたのだろう。

おれには知らされていなかったが、当局の手はすぐ近くに迫っていたのだ。

¥

小塚老人への憎しみも、市場と同じで波のようだった。長い時間をかけてゆるやかな頂点をつくったり、無関心に沈んでみたり。どちらにしても、「秋のディール」の報酬をおれは諦めるつもりはなかった。ここをでたら、何年かかろうがジジイを見つけ、貸しを取り戻すのだ。想像のなかではついに発見した老人を殴りつけることもあれば、老人がいれたコーヒーをのみながら笑って話をすることもあった。

裁判も終わりに近づいた九九年の春、おれの国選弁護人が面会にやってきた。童顔でネクタイが似あわない男で、妙に調子の軽い弁護士だった。やつは明るく笑い、残念そうにいう。

「いやー、やっぱり事件の社会的な影響がおおきいや。白戸くんは初犯だし、執行猶予つくかと思ってたんだけど、だめみたいだ。ショックだなー」

おれはじっと弁護士を見つめた。この男に期待はしていなかった。証券取引法では風説の流布は五年以下の懲役、あるいは五百万円以下の罰金刑だ。

「それより証券会社の預け金はどうなりました」

「おめでとう。そちらはきみのいい分が認められた。まあ、当然だけどね」

同じ法律で犯罪行為で得た財産はこれを没収するとあった。おれが心配だったのは、「秋のディール」以前のおれの資金が、最後の違法な取り引きと混同され丸ごと当局に取りあげられることだった。

「心配いらないよ、最後に買い戻した利益だけの没収で済んだ。きみのいったとおり町屋のマンションの部屋代は一年分払いこんでおいたよ」

最後の取り引きの利益は約五百万円。それだけの大金をおれは国庫に寄付したことになる。その金のいくらかが、まわりまわって銀行救済の公的資金に使われるかと思うと、おれはちょっと悔しかった。

¥

春に判決がでた。懲役一年六月、執行猶予はなし。おれはほかの何人かの男といっしょに護送車にのせられ、拘置所から東京府中刑務所に移された。窓に金網のついているバスにのるのは、辰美の街宣車以来で懐かしい気分だった。

拘置所でおれは六十一番だったが、刑務所では二百三十八番になった。一番の苦痛はひとりの時間がなくなったことだ。小菅ではひとり部屋だったが、府中は五人部屋なのだ。作業は木工班に振り分けられ、板と板と接《つ》いで垂直をだしたり、鎌倉彫で牡丹《ぼたん》の花を彫れるようになった。ほとんどの木工製品が中国でつくられている現状では、身につけても意味のない技術だ。

おれは同じ房にいた男から、手形詐欺やカード詐欺、導入預金や計画倒産の詳しい手口を学んだ。書棚の官本を手あたりしだい読みあさり、学習用許可雑誌は週刊月刊の経済専門誌を限度いっぱいの七冊購入した。房内のテレビでは誰もニュースなど見たがらないのだが、無理をいって番組の最後にあらわれる市況だけは見せてもらった。

そして私物のノートに線を引き、チャートをつくる。今回はまつば銀行でなく、書き写すのは東証一部の日経平均株価だ。塀のなかにいてもマーケットから離れるわけにはいかなかった。

投資はおれの仕事だ。

¥

値動きのチャートが十二枚目をかぞえた二〇〇〇年四月中旬、おれは私物いりのショルダーバッグをさげて、刑務所の門をでた。やわらかな風に背を押され、最寄りのJR国分寺駅へ歩いていく。腕を思いきり振り、足を高く上げなくていいのが不思議だった。途中のコンビニでは、なんでも好きなものを買うことができる。おれは歩きながらチョコレートを二枚とハーゲンダッツのラムレーズンをたべた。舌がしびれるほど甘く、でたらめにうまかった。国分寺駅で西日暮里までのチケットを買った。電車を待つあいだトイレにいったのだが、誰かに許可を得ずに小便ができるなんて、まるで奇跡だと思った。

¥

その日の夜にはおれは自分の部屋で眠っていた。習慣とは恐ろしいもので、子どものように夜九時には自然に眠たくなってしまう。それから二週間ほど自堕落な生活をして、塀の外の暮らしへのリハビリを済ませると、おれは新しい生活の形をつくり始めた。

秋葉原へいき三台のパソコンとディスプレイを買った。ルーターでネットに接続し、つねに最新のマーケット情報が流れているように設定した。小塚老人のディーリングルームの小型版を、ワンルームマンションの一角に構築したのである。

つぎに証券会社にでかけ、新しい口座を開いた。かねてから目をつけておいた投資信託の目論見書をもらう。手もち資金の三分の一ほどを送金し、おれはマーケットに復帰した。おれが選んだ投資信託についても話しておいたほうがいいだろう。

それは日経平均に連動するインデックス型の投資信託で、先物取り引きを活用し市場全体の値動きの二倍のパフォーマンスを目指すものだった。平均株価が三パーセント上がれば、リターンは六パーセントになる。ブル・ベアの両タイプがあり、上げ下げどちらでも利益をだすことができる。塀のなかにいて個別の銘柄を追えなかったおれにはぴったりの投資対象だった。おれの手もち資金では株式の信用売りはできなかったのだ。現在の経済状況下では、売りができなければ商売にならない。

午前中に新聞を読みこみ、前日の値動きをチェックすると、午後は地下鉄で日比谷図書館にいくのが習慣になった。プロの投資家になるために経済学と英語、それに苦手だった数学を、おれは勉強し直すつもりだった。

出所してしばらくは尾竹橋通りを歩いていると誰かに見られている気がした。一度逮捕され塀のなかの暮らしをすると、人の視線には敏感になるものだ。おれは気づかない振りをして時期を待った。

小塚老人を探し始めるのは、おれについたひもが切れてからでいい。

¥

七月のある日、再びおれの部屋のインターフォンが鳴った。おれは午前中のチャイムの音にはひどく神経質になっていた。読みかけの新聞を閉じて、震えながら玄関にいった。のぞき穴から見るとつなぎの制服姿の男が立っていた。刑事ではなさそうだ。おれは安堵《あんど》して、ドアを開けた。

「白戸さん、お届けものです。印鑑かサインお願いできますか」

手渡されたのは薄型のティッシュボックスほどの国際小包だった。サインをして伝票を返す。机に戻り、送り主を確かめた。ケント・フクハラと目に飛びこんでくる。住所はメキシコシティのどこかだった。おれの心臓が一度だけおおきく弾んだ。こちらが探すより早く、小塚老人は手を打ったようだった。

ガムテープをやぶり、小包を開いた。なかにはビニール袋にくるまれた手紙が一通、それにカードと鍵がはいっていた。カードはまつば銀行のカードだった。小振りな鍵についているプラスチックの札には、2―3―14と番号が彫りこまれていた。手紙の表にはおれの名前が書かれている。見覚えのある小塚老人の達筆な文字だった。おれは震える手で便《びん》箋《せん》を開いた。

白戸則道様

きみはきっとわたしのことを恨み、憎んでいることだろう。謝っても取り返しがつかないが、最初にお詫びをいいたい。済まなかった。初犯のきみに執行猶予がつかなかったのは、わたしの計算違いだ。

罪を逃れる最良の方法は、逆説的であるが、さっさと罪を償ってしまうことだ。わたしはそれを獄中で学んだ。逃亡者の人生を送るより、正当な裁判を済ませ、執行猶予つきの罰を受けてきみは自由になればいいと、わたしは判断したのだ。

残念ながら主犯のわたしは実刑を免れないし、症状が進行している波多野テルコさんがいた。七十歳を超える服役囚を昔わたしは見たが、あれは実に惨めなものだった。残り短い人生の数年間を、テルコさんをおいて塀のなかですごすわけにはいかなかった。

きみは元気でやっているようだと、そちらにいる人間からきいた。信じられないかもしれないが、これでもわたしはきみのことを気にかけていた。

同封したのは「秋のディール」の報酬だ。きみはこれを受け取るに足る働きをしてくれた。わたしひとりではあれほどの成功を収められなかっただろう。きみへの報酬は以前から用意してあったが、裁判のまえに渡せば没収されるだろうと、このときを待っていたのだ。

まつば銀行の貸金庫のシステムを教えておこう。専用カードとキー、それに四桁の暗証番号が必要になる。カードとキーは同封した。この手紙が人手に渡ることはないと確信しているが、用心に越したことはない。暗証番号は「今日という日を忘れるな」とわたしがきみにいったあの日の日づけだ。

わたしはもうきみと会うことはないだろう。きみの人生をねじ曲げてしまったが、役に立つことをいくつか教えることもできたと自負している。

この報酬は新しい市場にのりだすきみへの、わたしからの餞別《せんべつ》でもある。きみなりのやり方で恐れずにリスクを取り、マーケットで成長してほしい。

きみはわたしのひとりきりの生徒だが、同時に最高の生徒だった。

小塚泰造

ひとりしかいないのになぜ最高といえるんだ、おれは手紙相手に突っこみをいれた。それから三度繰り返して読み、Tシャツとジーンズを脱いだ。黒のサマーウールのスーツに黒のネクタイ、シルクの光沢を放つ白い綿のシャツを選び、鎧《よろい》でもかぶるように身につけた。最後に黒縁のサングラスをかける。ポケットに貸金庫のカードと鍵をいれて、おれは尾竹橋通りにおり立った。

受け取った報酬は確かめにいかなければならない。

¥

ほぼ一年九カ月ぶりに、おれはまつば銀行町屋駅前支店を訪れた。放置自転車の多さも黒い御影石張りの建物も、まるで変わっていなかった。あのとき取りつけ客であふれていたフロアは、平日の午前のせいか閑散としていた。キャッシュディスペンサーのコーナーで、誰かれなくにこやかに挨拶している中年の行員に、貸金庫の場所をきいた。

行員は先に立って地下におりる階段を案内してくれた。見覚えのある青い廊下と防火扉の会議室をとおりすぎた。その先はいきどまりになっていて、壁にはステンレスのバーが格子状にはまった扉と、液晶画面の操作盤が埋めこまれていた。腕まくりをした行員がいった。

「こちらでカードと暗証番号をいれていただきますと、扉が開きます。はいってすぐの右手に個室もございますので、よろしかったらご利用ください」

おれは礼をいって壁のディスプレイにむかった。カードをスロットに差しこみ、「秋のディール」を手仕舞ったあの日の日づけをタッチパネルで入力した。

1009

カチリと精密な音がして鍵が開き、おれは貸金庫に足を踏みいれた。

¥

そこは四方がステンレスの鈍い輝きに包まれた部屋だった。二十五×七センチほどのプレートが、足元から二メートルほどの高さまで、びっしりと壁の両側を埋め尽くしていた。プレートの中央にはそれぞれ三つの数字が白い顔料でプリントしてあった。おれは鍵についた番号を探した。奥から二番目のブロック、三列目のうえから十四段にそのプレートが見つかった。2―3―14。番号を確認して引きだす。見た目よりも奥ゆきが深いステンレスの箱だった。意外にずしりとした手ごたえがある。

おれは貸金庫をもって、個室に移動した。三畳ほどの広さの部屋には、簡単な机と椅子がおかれていた。机の上にはペン立てとまつば銀行のロゴがはいったメモが見える。椅子に座り、箱を開いた。

なかからあらわれたのはA４の封筒だった。かなりの厚みがある。おれは封筒の中身を確かめた。パステル調の色鮮やかな多色刷りで、神経質なほど細部にこだわって印刷された和紙の束がでてきた。無記名債だ。ある都市銀行が発行したもので、額面は一枚百万円だった。おれはその束をゆっくりと、二回かぞえた。債券は全部で五十五枚あった。まっば銀行町屋駅前支店の地下の小部屋でひとりきり、おれは声をあげて笑った。

報酬は五千万円、残る五百万円は裁判で没収されたおれの買い戻し益の損失補塡《ほてん》のつもりなのだろう。

どこまでも数字に細かなジジイだった。

¥

債券を封筒にいれ、貸金庫を壁に戻した。無記名債の満期は来月に迫っていた。去年の夏には小塚老人はおれへの報酬を用意していたのだ。あのジジイのことだ。きっと税務署にたどられることのない債券に間違いないはずだ。おれはもうすこし様子を見て、ほとぼりが冷めたら換金するつもりだった。架空口座を開設する方法は塀のなかで学んだ。五千万円もあれば、新米の個人投資家としては十分な元手になるだろう。

フロアでさきほどの行員とすれ違うと、「ありがとうございました」と業務用の笑顔で挨拶された。おれも笑って軽く会釈を返した。七月の陽光が跳ね散る通りにでて、人々が忙《いそが》しげにいきかう歩道で立ちどまった。サングラスをかけてゆっくりと銀行を振り返る。しばらくのあいだ、おれは閉まっては開くガラスの自動ドアと、その中央に涼しげな緑色で描かれたロゴマークを見つめていた。松葉を重ねた三角形のおなじみのロゴだ。

おれのディールのすべては、この町のこの銀行から始まった。終わりはまだ見えない。小塚老人のいうとおりマーケットは明日も開いている。おれがあの波をどこまでのりこなすことができるのか、市場との闘いは始まったばかりだった。

きっと今年は暑くなるだろう。おれの二十五回目の夏は、自由にリスクを取る個人投資家として迎える初めての夏になるはずだ。

誰ものりこなせないほどおおきな波がくるといいと思った。

そのとき、おれはひとりで海にでるだろう。

（本作品はフィクションであり、実在の個人・団体などとは一切関係がありません）

解説

吉野　仁

銀行になけなしの貯金を預けても、すずめの涙ほどの利子がつくだけ。引き下ろしの時間外手数料にさえ満たない額だったりする。それでいながら、金を借りようとしたり、クレジットの分割払いにしたりすると、バカ高い利息を払わされる。

どこか納得がいかない。

深刻な不況が続いていた頃は、日本経済の未来のため、なかなか進まない不良債権処理に対する公的資金投入もしかたのないことなのかと我慢をしていた。しかし、企業の業績が回復してきたことからか、この一、二年、大手銀行各社は空前の好決算をたたき出しているという。

ならば税金を返せ。

いまだに景気が上向いたという実感を抱けない。さすがに企業倒産やリストラなどが日常化していたひところの平成不況を脱しているとはいえ、豊かな暮らしにはほど遠く、むしろ、格差社会だのワーキングプアだの、厳しい現実ばかりが目の前に横たわっている。

老後を考えると暗澹とするばかり。

大金がほしい。

と、本書『波のうえの魔術師』は、そう強く感じている方々にこそ薦めたい一冊である。すでに読み終えた人ならば、説明するまでもないだろう。単に時間外手数料百五円の問題どころではなく、バブル期に銀行が行った大きな犯罪をテーマにしているからだ。

また、本作は銀行を相手に壮大な仕掛けをおこない巨額の利益を得るという痛快な経済サスペンスでもある。株や経済にまったく疎いという人でも、分かりやすいエピソードによる物語づくりがなされているので、安心して楽しめる。

なにより、無一文に等しい若者がメガバンク相手に莫大な富を得ようと挑む、痛快な青春小説なのだ。

物語のはじまる一九九八年とは、夏に小渕内閣が発足した年であり、日本長期信用銀行が破綻した年。長引く不況のただなかにあった時期だ。同年の有名な事件としては和歌山毒物カレー事件が挙げられる。

主人公の白戸則道は、都内にあるマンモス私大を卒業したのち就職浪人をしている若者だ。親の仕送りとパチンコで稼いだ金で生活を続けていた。そんなおり、ひとりの老人との出会いが則道の運命を変えた。彼は小塚泰造の秘書となり、株投資の手ほどきを受けた。次第に相場の世界にのめりこんでいったのだ。

平凡で無名の青年が試練をかさね困難を乗り越えて一人前になっていく。すなわち、本作はまず基本的に正統な青春成長小説なのである。

則道はノートに株価をつけていき、その「値動き感覚」を身につけ、さらには小塚老人から百万円の口座を与えられ、実際に株の取引をおこなっていく。このあたり、ちょっとしたギャンブル小説のようなスリルが含まれている。実際に株取引をやったことのない人でも、賭け事が好きなら、あのぞくぞくする感覚が伝わってくるのではないか。

さらに、老人の企みが明かされる。かつてバブル期に銀行がおこなった融資つき変額保険によって、不幸のどん底へと落とされた老人たちの復讐が隠された真の目的だったのだ。老人と則道は、銀行相手に、巧妙かつ大胆な犯罪を遂行していく。

すなわち、中盤からの展開は、映画「スティング」に代表されるコンゲーム（信用詐欺）ものと類似した大仕掛けなのだ。単なる株の仕手戦にとどまってはいない。さらに後半、犯罪ミステリーとしての面白さが加速していく。舞台になっているのが、東京の下町エリアにある町屋の銀行支店というのもユニークである。大きな犯罪を描きながら、どこかゆったりとしたユーモア感がただよっているのも、本作の大きな持ち味である。

また、ミステリーとしてのひねりが幾重にも仕組まれており、クライマックスを迎えてもなお、予想のつかないラストへとむかっていく。

加えて作者は、ゲーム感覚で楽しませる一方、痛切な人間ドラマを背後に忍ばせており、そこが物語に奥行きを与えている。主人公も紆余曲折しながら、ちゃんと一人前の男になっていく。

すなわち青春成長小説としても、経済クライム小説としても、コンゲーム風ミステリーとしても、過不足はないどころか、きれいなまでに決まっている。最後まで気持ちよく物語を楽しませてくれるのだ。

物語の冒頭に主人公による次のような独白があった。

〈この狂った時代、どんなに逃げたってマーケットの影からでることは、もう不可能なのだ。市場の傘は世界を覆っている。〉

バブル期とバブル崩壊の時代を生き抜いてきた日本人にとって、金と経済の問題は、好むと好まざるとにかかわらず、密接についてまわってくるものである。無関心では生きていけない。きびしい平成不況を現実に味わったからこそ、本作の面白さが生きているといっても過言ではない。

作者の石田衣良に関して、いまさら多くの説明は不要だろう。テレビドラマ化でも人気を呼んだデビュー作『池袋ウエストゲートパーク』をはじめ、多くの青春小説やミステリーを発表している。近年はやや恋愛小説の刊行が目立っているようだが、本作のような青春小説とクライム・ノヴェルが融合した痛快な長編もどしどしと書いて欲しいものだ。

なにより最近になって石田作品を読み始めたという方は、『池袋ウエストゲートパーク』

シリーズはもちろんのこと、シリーズ外伝の『赤《ルージュ》・黒《ノワール》』や単発作品の『娼年』など、ぜひとも初期の作品を捜し出して読んでいただきたい。

この作品は2001年8月文藝春秋より刊行されました。

徳間文庫をお楽しみいただけましたでしょうか。どうぞご意見・ご感想をお寄せ下さい。
宛先は、〒105－8055　東京都港区芝大門2－2－1　㈱徳間書店「文庫読者係」です。

徳　間　文　庫

波のうえの魔術師
なみ　　　　　　　　まじゅつし

© Ira Ishida　2007

	印刷	製本		振替	電話		発行所			発行者		著者	

著者　　　　石田衣良
　　　　　　いし　だ　い　ら

発行者　　　松下武義
　　　　　　まつ　した　たけ　よし

発行所　　　株式会社徳間書店
　　　　　　東京都港区芝大門二─二─一〒
　　　　　　　　　　　　　　　　　　105-
　　　　　　　　　　　　　　　　　　8055

電話　　　編集〇三(五四〇三)四三五〇
　　　　　販売〇四八(四五一)五九六〇

振替　　　〇〇一四〇─〇─四四三九二

印刷　　　凸版印刷株式会社
製本　　　ナショナル製本協同組合

〈編集担当　国田昌子〉

2007年2月15日　初刷

ISBN978-4-19-892552-9　（乱丁、落丁本はお取りかえいたします）